文春文庫

鎌倉署・小笠原亜澄の事件簿

佐助ヶ谷の銀雫

鳴神響一

文藝春秋

目次

プロローグ　7
第一章　輝きの前に　10
第二章　輝きを求めて　85
第三章　失われた輝き　149
エピローグ　211

本作品は「文春文庫」のために書き下ろされたものです。
なお本作品はフィクションであり、作中に登場する人名や団体名は、
実在のものと一切関係がありません。

DTP制作　エヴリ・シンク

鎌倉署・小笠原亜澄の事件簿

佐助ヶ谷の銀雫

プロローグ

本当にわたしが考えていることが真実なのだろうか。
そうだとすれば、許すことはできない。
わたしはわたしと美月《みつき》を不幸にしたものを許せるはずがない。
仕組まれた罠のために、わたしも美月もどれほどつらい日々を送ってきたか。
美月ばかりでない。
結果として不幸に陥れられたのは先生も同じことだ。
美月と先生は長い間、お互いに歩み寄ることができずに生きてきた。
お互いに歩み寄る機会は永久に訪れはしない。
あの寒い夜。
小樽《おたる》運河の水面に寒々としたイルミネーションが映るあの夜。
古風で美しい北の街にクリスマスソングが流れる星の夜。
美月は天使となったのだ。

今日こそ、すべての真実を明らかにしよう。
明日、わたしは先生にすべてを話す。
先生の気持ちをないがしろにしたわたしの罪を許して頂く。
容易なことではないだろう。
一〇年を超える日々の苦しみが、悲しみが先生の胸をふさいでいるはずだ。
美月を失った悲しみはそれ以上に大きいはずだ。
だが、わたしは許しを請う。
もし、許しを得ることができたら……。
わたしは過去の時間をすべて捨てる。
すべてを教えて頂いた薬師寺《やくしじ》国昭《くにあき》のもとにふたたび戻るのだ。
鎌倉での日々を取り戻そう。
佐助ケ谷《さすけがやつ》の住人に帰ろう。
先生の前で新たな日々に対する思いをわたしは誓うのだ。
そのために、今夜はすべてを明らかにしなければならない。
あいつはあずまやで待っているはずだ。
わたしは緊張した思いを抑えて、濡れた芝生に足を進める。
ああ、見えてきた。

わたしたちを不幸に陥れた者の姿が見える。
あの影は真実を語るはずだ。
いや、真実を語らせなければならない。
今日のわたしは晦日《つごもり》のこの夜空のように暗い。
だが、明日は新月が現れるのだ。
やがて月は満ちてゆくはずだ。
きっと新たな未来が待っているはずだ。

第一章　輝きの前に

1

梅雨明け宣言はまだ出ていないが、ここ数日はよい天気が続いていた。

吉川元哉《きっかわもとや》が覆面パトカーの助手席の窓から見上げると、澄んだシアンの空がひろがっている。

鎌倉、佐助ヶ谷の住宅地を抜けると、道はぐんと狭い急な上り坂となった。

谷戸《やと》の奥で雑木林に囲まれていくらか薄暗い道を、たくさんの観光客がそぞろ歩いている。

谷戸とは、浸食によって丘陵地が谷となった地形を指し、日本各地に存在する。

鎌倉は三方を山、一方を海に囲まれた土地である。この丘陵にはいくつもひだのように谷戸が切れ込んでいる。鎌倉では中世には谷戸沿いに武家屋敷や寺社が多く作られ、現在でも民家が建ち並んでいる。谷戸は実に鎌倉らしい風景だとも言える。

川端康成は小説『山の音』のなかで、谷戸の奥に住まう登場人物が聞いた山の音を「遠い風の音に似ているが、地鳴りとでも言う深い底力があった」と表現している。川端は戦前の一時期、宅間谷《たくまがやつ》という報国寺の近くの谷戸に住んでいて、『山の音』はその経験から執筆された。

面パトは赤色回転灯を回してはいるものの、速度を上げるわけにはいかなかった。

この道に入ってすぐ、左手に洞穴とその前に立つ石鳥居が現れた。

洞穴の向こうには、最近はパワースポットとして人気の高い銭洗弁財天宇賀福《うがふく》神社が鎮座する。

源頼朝が祀ったという宇賀神、つまり弁財天を本尊とする古い神社である。境内《けいだい》にある洞窟の池にこんこんと湧き出る清水で銭を洗うと増えるというおめでたい言い伝えを持つ。

その功徳《くどく》にあやかろうというのか、今日も老人のグループから若いカップルまで大勢の人が訪れている。隠れ里とも呼ばれるこの神域に似つかわしくない、ホスト風の若い男性や水商売風の女性が楽しげに鳥居を潜《くぐ》る姿が印象的だった。

さらに面パトは源氏山への道を上り続けていった。旧市街から望めて、鎌倉のランドマーク的な存在とも言える標高九三メートルの低山である。源氏山の名はこの山の麓《ふもと》に源氏の屋敷が連なっていたからとする説が有力だとされている。銭洗弁天を過ぎると、歩行者の姿は急に減って、ハイキングに来たらしいデイパックを背負った高年齢の女性たちが目立つくらいだ。

ほぼ平坦になった道路に現れた三叉路《さんさろ》を、面パトは右に曲がった。

このあたりからは源氏山周辺にひろがる源氏山公園のエリアに入ってくる。元哉は、神奈川県警刑事部捜査一課強行六係のメンバーとして、今朝、源氏山公園内で発見された遺体の発見現場に臨場することになったのだ。

源氏山公園は、東は鶴岡八幡宮方向、西は銭洗弁財天宇賀福神社、南は佐助、北は梶原の方向につながるひろい地域にまたがる。

左手には日野俊基《ひのとしもと》墓という標示がある。スマホで調べると、後醍醐天皇の忠臣だった藤原氏の公家で、鎌倉時代後期に倒幕を図ったためにこの山で処刑されたそうである。ちなみに実際に処刑されたのは、すぐ近くに建てられている葛原岡神社《くずはらおかじんじゃ》の境内にあたる場所で、この神社は日野俊基を祀るために明治期に創建されたそうである。当時は葛原岡は鎌倉の境界線という場所だった。

俊基卿の墓を過ぎたところで、道はふたつに分かれている。

まっすぐは葛原岡神社の拝殿へ続く広場のような参道で、竹製の低い車止めが設けられていた。奥には石鳥居と社務所が見えている。かたわらには「縁結び石祈願所」という看板が設けられている。左手は土日・休日と祭礼日の昼間はクルマは入れない狭い下り坂だった。

三叉路の分岐点の右側に参拝客専用の駐車場が設けられていた。意外と広い駐車場内には、パトカーや何台かの警察車両が駐まっていた。神社の許可は得ているはずだ。ほかにも五台のクルマが駐まっていて、あたりには参拝客らしき人の姿も見える。

面パトは砂利の音を立てながら駐車場へと乗り入れた。マップで見ると、おおむね源氏山公園の北の端にあたるエリアだった。

第三班の刑事たちは、次々と面パトを降りた。

元哉の鼻腔に照葉樹らしい清々しい香気が忍び込んできた。

「現場はこの道路の右下だな」

後部座席から降りてきた強行六係第三班長の正木《まさき》時夫《ときお》警部補がつぶやくように言った。

「さ、行くぞ」

正木班長は先に立って、左手の下り坂を目指して歩き始めた。

すぐに左に細い徒歩路が分かれていた。

入口には黄色い規制線テープが張られていて、夏服に防刃ベストを着た制服警官がひとり立哨《りっしょう》していた。鎌倉署の地域課員に違いないが、まだ二〇代前半と思しき鼻筋が通っている若い男だった。

規制線のまわりでは、イヌの散歩に来た人やウォーキング姿の近隣住民が一五人ほどひそひそと話しながら遠巻きに現場を見ていた。

「ご苦労さまです」

地域課の巡査は挙手の礼で元哉たちを迎えた。

「ああ、おはよう。現場は？」

正木班長は鷹揚な調子で訊いた。

「はい、右へ下りたところにある、あずまや付近です」

巡査は規制線テープを素早く持ち上げた。

かるくあごを引いた正木班長は、屈んでいち早く内部に入った。

遅れじと元哉も規制線を潜った。

この季節なのに落ち葉が残っている雑木林の道を元哉たちは奥へと進んだ。

「あそこか……」

捜査員の一人がつぶやいた。

目の前がパッと明るくなった。右手に差し渡し三〇メートルくらいの芝生の広場がひろがり、中央には灰色の屋根の大きめのあずまやが設けられていた。

あずまやの周辺には私服の捜査員とライトブルーの活動服を着た鑑識係員が一〇人ほど見えた。

元哉たちはいっせいにあずまやに近づいていった。

「おはようございます」

馬面《うまづら》の背の高い四〇代後半の捜査員が明るい声であいさつしてきた。

鎌倉署刑事課強行犯係長の吉田《よしだ》康隆《やすたか》警部補だ。小笠原《おがさわら》亜澄《あすみ》の直属の上司にあたる。

「お疲れさん」

のんきな調子で正木班長は答えた。

元哉はキョロキョロと視線を動かして亜澄を探した。

あずまやの向こう側に亜澄がいる。いつもの白シャツにタイトなライトグレーのスカート姿だ。

前回の鎌倉の事件に続けて組まされることは覚悟している。

あの坂ノ下の街での「あっかんべー」から一ヶ月以上会っていない。いくらなんでももう機嫌は直っているだろう。

いずれにしても、とりあえず敵意がないことを示すべきだ。

元哉は亜澄にかるく微笑んでみせた。

ところが亜澄は、ぷいとそっぽを向いた。

なにをこだわっているのか、相変わらず大人げない女だ。

だが、次の瞬間、亜澄は向き直って元哉の顔を見た。

亜澄はなぜかニッと笑った。

嘲笑でもなく、素直な親しみを込めた笑いでもない。

元哉には亜澄の感情が摑めなかった。

まぁ、でもそんなことを気にしている場合ではない。

亜澄の足もとあたりにブルーシートで「かたまり」がくるまれている。もちろん、あれが遺体に違いない。

「吉田さん、ちょいとホトケ見ていいかな?」

ブルーシートのほうに視線を向けて正木班長はおだやかな声で訊いた。

「もう鑑識作業は終わりましたから、どうぞ」

にこやかに吉田係長はうなずいた。

ブルーシートが掛けられているからには遺体の鑑識作業は終わっているはずだ。

あらためて元哉は思うが、すぐそばに遺体があるのに誰もが少しも憂鬱そうな声を出してはいない。

刑事などを続けていると、どこか感覚がおかしくなっているのではないだろうか。

まぁ、遺体にいちいち脅えたり悲しんでいては刑事の仕事はやってはいけない。

事件が起きるたびに感情移入をしていては身がもたない。

元哉自身も、こうした現場に臨場するだけで大きく感情が動くことはないのだが。

正木班長はゆったりとした足取りであずまやを左回りに遺体のそばに近づいていった。

元哉も亜澄を気にしつつも後に続いた。

遺体のそばにいた亜澄がさっとブルーシートをめくった。

血の気のない男が無表情で死んでいる。

もっとも遺体に恐怖や苦悶などの表情が残っていることは少なく、こうしてなんの表情もないのがふつうだ。

髪がいくぶん長くサラリーマンには見えず、どことなく学者タイプというような容貌だ。

とりあえず見えている部分に大きな傷などはなさそうだ。

「スジモンには見えないな……」

正木班長がぽつりとつぶやいた。スジモンとは暴力団員を指す言葉である。

たしかにヤクザっぽい雰囲気などは微塵もない男だ。

「いまのところ、身元を示すようなものは見つかっていません。スマホはポケットに入っており、現在、鎌倉署に持ち帰って調査中です」

背後で亜澄がまじめな声で言った。

仮にパスワードで保護されていても、警察はフォレンジックツールあるいはデュプリケータなどによって、内部データの抽出を行える。

所有者が生きていれば、本人承諾を得ず令状なしでデータ抽出を行うことにはプライバシー権の侵害で違法性が伴うおそれがある。だが、死者の持ち物であるから、その特定を急ぐためにも許される。

「えーと、鎌倉署の切れ者だな……なんて名前だっけ？」

振り返った正木班長は、亜澄の顔をまじまじと見つめた。

捜査一課はいろいろな所轄に赴くので、各所轄署員の名前などすぐに忘れてしまうこともある。

「強行犯係の小笠原亜澄です」

亜澄は背筋を伸ばして元気よく答えた。

正木班長に「切れ者」と言われたことで機嫌がよくなっているようだ。

「そうそう、吉川の相方だな……幼なじみの」

正木班長は手を打った。

元哉と亜澄は同じ平塚育ちの商店街っ子の幼なじみだ。

亜澄の父親は、平塚のスターモール商店街で《かつらや》という呉服店を経営するかたわら、コスプレ衣装の制作者として名を馳せている。

元哉の祖父母は同じ商店街で《吉川紙店》という文房具店を開いていた。

ちなみに二人は平塚市立崇善《そうぜん》小学校と江陽中学校の卒業生で、二学年しか違わない。

だが……。

「別に相方というわけでは……」

元哉は気弱に訂正した。

「どっちでもいいや。吉川、おまえ所轄が掴んでいる内容について小笠原に話を聞いとけ」

それだけ言うと、正木班長はくるりと踵《きびす》を返してあずまやの反対側に立つ吉田係長のほうへと歩み去った。

「……というわけだから、知っている話を聞かせてくれ」

亜澄の顔を見て、元哉はやわらかい声で訊いた。

「この場所でうつ伏せで倒れてたわけ。いま帰った渡辺《わたなべ》鑑識係長の話だと、後頭部に裂傷があるんで、背後から誰かに殴られた可能性が高いって。打撲痕からすると、二回以上殴られている感じがする」

平らかな表情で、亜澄は淡々と説明を始めた。

「撲殺か……」

元哉は低くうなった。実は我が国の殺人事件で最も多い殺害方法は刺殺である。全体の半数以上が刃物による刺殺だ。撲殺は単純な方法だが、扼殺《やくさつ》等よりも少ない。

「司法解剖を待たなきゃはっきりしたことは言えないけど、死亡推定時刻は昨夜の九時から一一時ころだってさ」

言葉とは裏腹に、はっきりと亜澄は言い切った。

「死体から聞いたんじゃないかっていうくらい正確な、鑑識の神の見立てだな？」

元哉は頑固そうな渡辺係長の顔を思い浮かべて訊いた。

「そうだよ。神さまはいつだってドンピシャだから」

わずかに微笑みを浮かべて亜澄は答えた。

少なくともいまの亜澄は、ふだん通りだ。

元哉は安心したが、またなんのきっかけで感情的になるかはわからない。

「だけど、夜更けにこんな場所でなにしてたんだろうか」

あたりを見まわしながら元哉は言った。

芝生のまわりは雑木林に覆われているばかりだ。

「わからないよ」

亜澄は浮かない顔で答えた。

「いまは葛原岡神社の参拝客やハイカーなんかがいるだろうけど……夜はなぁ」

元哉は嘆くような声を出した。

北側には数十メートルくらいの位置に葛原岡神社やその社務所がある。南東の方向に進めば、源氏山の山頂があって近くには源頼朝像が設けられている。が、いずれも夜更けに人気《ひとけ》がある場所とは思えない。

「そうだね、たしかに夜中にこんな場所に来る目的がわからない。まぁ、そのあたりに事件の鍵があると見てもいいかもね」

亜澄は考え深げに言った。

「地取り捜査でも大した成果が上がるとは思えないなぁ」

元哉は鼻から息を吐いた。

「そうだね、神社の社務所は夜には閉まってしまうでしょう。吉川くんは源氏山公園にどっちから上がってきた？」

亜澄は元哉の顔を見つめて訊いた。

「銭洗弁天の横を通ってきた」

「そこから上には家はないよ」

「ああ、家どころかロクな建物もなかったな」

「でしょ。もし、事件が発生したことに気づいている地域住民がいるとしたら梶原方向の住宅にしかいないよ」

「おい、梶原にも出られるのか」

元哉は驚いて訊いた。

以前の事件で梶原に住んでいる関係者を訪ねたことがあるが、鎌倉駅からずいぶん離れた場所だった記憶がある。

「源氏山公園はね、七方向から登ってこられるんだ。南側は佐助ヶ谷の銭洗弁天方向、北側は梶原方向、そのほかにも浄智寺・北鎌倉駅方向、化《け》粧《わい》坂《ざか》を通って海蔵寺方向、寿福寺方向、ハイキングコースを経て大仏にも出られるんだよ。だいたいは徒歩路なんだ。でも、梶原へは狭いけどクルマが通れる道がある。ここは山の上でしょ。鎌倉ってとこはね、山に隔てられて思わぬ地域が直線距離ならすぐ近くってことがざらにあるんだ。それだけじゃない。このあずまやは梶原五丁目の住宅と五、六〇メートルしか離れてないんだ」

亜澄はさらりと言った。

「えっ、そんなに近くに家があるのか」

元哉は驚いて亜澄の顔を見た。

「これ見てみて」

ニカッと笑った亜澄は、スマホのマップに表示されたあずまやと住宅を指で示した。

「ほんとだ。だいたい真西だな」

元哉は低くうなった。面パトが駐まっている駐車場と反対側で、直線距離では半分くらいの距離しかない。雑木林の向こうでまったく見えないが、叫び声などが届いている可能性はある。

「地取り捜査に望みがないわけじゃあないな」

地取り捜査とは現場付近を回り、不審人物の目撃者や怪しい物音を聞いた者がいないか聞き回る捜査をいう。防犯カメラの映像を集める捜査も含まれる。

これに対して、鑑取り捜査は、被害者の人間関係を洗い出し、動機を持つ者を捜し出す捜査をいう。

「だけど、その雑木林の向こうの崖を滑り降りるんじゃなかったら、八〇〇メートルくらいの道のりがあるけどね」

しれっと亜澄は言った。

「へぇ……五〇メートルが八〇〇メートルか……」

元哉は低い声でうなった。

「そうだよ。鎌倉じゃふつうだよ。道がないためにもっとずっと遠回りしなくちゃならないところもいっぱいあるんだ」

亜澄はしたり顔で言った。

「まぁ八〇〇メートルは、そう遠い距離じゃないけどな」

なんとなく自分に割り振られそうな気がして元哉は肩をすくめた。

「バスを使うと駅まで出なくちゃならないから、かなり遠くなるよ。下手すると一時間くらい掛かる。でも、歩くだけの道なら五〇〇メートルもないルートがあるんだよ」

得意げに亜澄は鼻をうごめかした。

なにしろ、亜澄は鎌倉に詳しい。

亜澄は鎌倉ファンを自認していて、鎌倉署に異動になる前から何度も市内の各所を訪れているという話だった。

おかげで市内を歩き回るときに、元哉は苦労したことがなかった。

だが、今回も組まされると思うと、さまざまな不安が胸の内に湧き起こってくる。

「遺留品はなかったのか」

元哉は話題を転じた。

「犯人はなにも残していない。まわりが芝生だからはっきりしたゲソ痕も採れていない。残っていたのは、マルガイの遺体と、彼の衣類だけだね。凶器らしきものも出ていない」

浮かない顔で亜澄は答えた。遺留品捜査はできそうにない。

ゲソ痕とは、現場に残されている靴などの履物の痕を指す刑事の隠語である。

もっとも最近ではどんな履物も流通範囲が広く、ゲソ痕から犯人が割り出せることは非常に珍しくなっている。

「ところで、身元がわかっていないんだっけ？」

元哉は念を押した。

「さっきも言ったけど、マルガイの持ち物はスマホだけだった。だから、まだ、身元どころか、氏名もはっきりしていないよ」

浮かない顔で亜澄は答えた。

「なんで、運転免許証や財布を持っていなかったんだろう？　夜更けにここまで歩いてきたのかな。それから財布は盗られたってことか」

元哉は首を傾げた。

「歩いてきたことは不思議じゃない。もともと源氏山公園は駐車場はないからね。いまうちとかの車両を駐めさせてもらってる葛原岡神社の参拝客用のものだけだよ。クルマが通れる道は狭いし、銭洗弁天なら、歩いて七、八分の距離だから。財布がない理由は難しいとこだよね。だけど、こんな場所だからね」

思案深げに亜澄は言葉を重ねた。

亜澄はかつて厚木署の盗犯係に在籍していたことがある。

「物取りの犯行じゃないって言いたいのか」

元哉は念を押して訊いた。

「はっきり言えないけどさ、ここで獲物を待ち構えて殺すほど殴って財布を盗るような犯人は考えにくいんだよね」

言葉は慎重だが、亜澄は確信しているような表情を見せていた。

「マルガイはここに歩いてきたのか。免許証を奪って遺体の身元を隠そうとしたわけじゃないってことか」

「身元を隠したいなら、スマホも持って逃げるんじゃないの？」

間髪を容れずに亜澄は答えた。

「そりゃそうだな」

たしかにスマホが残されていれば、遺体の身元は遅かれ早かれ判明するに違いない。

「ま、所轄が摑んでるのはこんなとこだよ」

亜澄は明るい声で締めくくった。

「わかった。班長に報告してくる」

元哉は正木班長が立つところへ戻った。

「小笠原から聞いた話ですが……」

元哉はいま聞いた話を細大漏らさずに伝えた。

「ご苦労、鎌倉署の鑑識係長の判断じゃあコロシで間違いなさそうだが……」

正木班長は言葉を吞み込んだ。慎重な班長は結論を口にしたくないようだ。

「鎌倉署員たちに信頼されているベテラン係長ですから」

それとなく元哉は正木班長の本音に沿った発言を口にした。

「一課長と検視官がもうすぐお見えになるそうだ。まぁ、たぶん鎌倉署に捜査本部が立つな」

にこっと笑って正木班長は答えた。

「はぁ……」

だいたい一課長と検視官が臨場する場合は、捜査本部が設置される可能性がきわめて高い。最終判断は刑事部長なのだが……。

覚悟していたことだ。しばらくは鎌倉署に泊まり込むことになるだろう。

「で、おまえはどうするかな……やっぱりこの現場付近をまわってもらうか。さっきおまえが言っていた、そこの崖下の梶原五丁目の家は潰しとかなきゃならないな」

正木班長は雑木林に目をやると、すぐに数メートル離れたところに立つ吉田強行犯係長を呼んだ。

「おーい、吉田さん」

「はい、なんでしょうか」

ほかの捜一の捜査員と話をしていた吉田係長は、早足で近づいてきた。

「梶原地区の地取り捜査を始めたいんですがね、鎌倉署からも誰か出してもらえませんか」

やわらかい声で、正木班長は頼んだ。

「小笠原と組ませましょう。あいつは地理に詳しいので……。なにせ源氏山公園周辺の地理は複雑なんですよ。吉川とはいつも組んでるじゃないですか」

吉田係長はニヤニヤしながら答えた。

「いつもそうだったな。おい、吉川。おまえ、小笠原と組んで、梶原地区の地取りやってこい」

正木班長は、表情を変えずに命じた。

「は……小笠原とですか」

無駄とわかっていても、元哉はトボけてみせた。

「なにか問題でもあるのか」

尖った声で正木班長は訊いた。

「いえ、別に……」

さっと元哉はうつむいた。

「おい、小笠原」

吉田係長は亜澄に声を掛けた。

少し離れて立っていた亜澄が小走りに近づいてきた。

「はい、お呼びでしょうか」

弾んだ声で亜澄は答えた。

「おまえ、捜一の吉川と組んで、この近辺の梶原地区の地取りにまわれ。とくにいちばん近い地域の家々の住人に聞き込みをしてこい」

毅然とした声で吉田係長は命じた。

「了解しました。梶原五丁目内でこの現場に近い住宅を中心に聞き込みにまわります」

亜澄は元哉の顔を見ずに、元気よく吉田係長に答えた。

「ああ、五丁目以外じゃあ、遠いな。おまえが適当と思う範囲からしっかり聞き込みしろ」

吉田係長は力強く下命した。

「了解です」

無駄に元気に亜澄は答えた。

「会議は八時だろう。それまでは戻らなくていいから」

正木班長はやわらかい声で言ったが、夜まで帰らずに聞き込みを続けよという命令に外ならなかった。

「はぁ……わかりました」

冴えない声で元哉は答えた。

「さぁ、行くよ。ついてきて」

力強い声で言って、亜澄はさっさと歩き始めた。

仕方なく元哉は亜澄に続いた。

2

芝生を出て林のなかを進んだところで、元哉は立ちすくんだ。

元哉の目にありえない光景が飛び込んできたのだ。

規制線テープの向こうに立つすらっとした二人の女性。滝川沙也香《たきがわさやか》と波多野英美里《はたのえみり》だ。

沙也香はフリーライター、英美里はイラストレーターとシーグラス作家をしている。

「え？　え？　どうして？」

思わずちいさな声が出た。

一瞬、亜澄が身体をピクッと震わせた。

気づかないフリをして元哉は歩みを進めた……が、そういうわけにはいかなかった。

元哉たちの進路に、沙也香と英美里は立っているのだ。

本当は彼女たちに会えることは嬉しかった。

だが、なんというタイミングの悪さだ。この二人は、元哉が亜澄と一緒にいるときに限って現れるではないか。

「ですから、この奥は何の捜査なんですか？」

沙也香は立哨している巡査に食ってかかっている。

今朝はモスグリーンのカットソーにデニムを穿いている。

肩からブランド名が入ったコットンのトートバッグを提げていた。

「自分にはよくわかりません」

若い巡査はありありととまどいの表情を浮かべて答えた。そんなことを一般市民に訊かれても、答えられる立場にはないだろう。

「そんなはずはないでしょう。警察の人なんだから。だいいち、あなたはなんのためにここに立っているの？　なかで起きていることも知らずにそこに立っているというわけなの？」

だが、沙也香は理詰めに巡査を追及してゆく。

「いや……あの……自分は係が違いますので……」

巡査はしどろもどろに答えた。

「言い訳しないでっ」

沙也香の厳しい声が雑木林に響いた。

英美里は沙也香のかたわらで困ったような顔で黙って立っている。

こちらは、貝のモチーフを薄青で大胆に描いた白いワンピースを身につけていた。

「あの若い子を救ってやんなさいよ」

亜澄が肘で元哉をつついた。若い子が巡査を指すことは言うまでもない。

「さぁ、早く。意地悪女からあの子を助けなさいよ」

きつい口調で亜澄は元哉を睨んだ。

動かざるを得ない。どっちにしても元哉は無視するわけにはいかないのだ……。

元哉はゆっくりと沙也香へと歩み寄った。

「あの……滝川さん」

近づいていって元哉はちいさく声を掛けた。

「あら、吉川さん、おはようございます」

パッと振り向いた沙也香は一瞬、目を見開いたが、すぐに満面の笑みで元哉を見た。

「おはようございます」

元哉は背後の亜澄を気にしつつも、さわやかにあいさつした。

追い詰められていた巡査は、ホッとしたような顔で沙也香たちから遠ざかって、元哉に目礼すると、姿勢を正して立哨に戻った。

「それから、えーと、小河原《おがわら》さんもお見えなのね」

貼りついたような笑顔で沙也香は亜澄を見た。

「小笠原です」

尖った声で亜澄は沙也香の言い間違え（？）を正した。

「あ、失礼。鬼教官の小笠原刑事さんですね。おはようございます」

なめらかに、沙也香は毒のあるあいさつを送った。

元哉と沙也香はふとしたことで知り合ったが、彼女に頼まれて雑誌の取材で早朝の由比ヶ浜に待つ英美里に会いにいった。折悪しく、そのとき、浜辺の東側の材木座海岸では遺体が発見されていて、現場に駆けつける亜澄に出会ってしまった。休暇中の元哉は亜澄に腕を摑まれて現場に引っ張っていかれる羽目となった。そのときから、亜澄は元哉と沙也香の仲を疑い、彼女に出会うと攻撃的な態度をとる。次の取材で沙也香と一緒にいたときにも、坂ノ下で亜澄と出くわした。亜澄は元哉たちに「あっかんべー」を作って敵愾心を剝き出しにした。沙也香もおとなしい性格ではないので、とがった亜澄に少しもひるまないのだ。亜澄と沙也香はまさに不倶戴天の敵といった存在になってきている。

「なんで、こんなところにいるんですか」

沙也香の言葉は無視してあいさつ抜きで、亜澄はつっけんどんに訊いた。

「仕事ですよ。そこの葛原岡神社に取材に来てたんです」

ゆったりとした口調で沙也香は答えた。

「いったい、なんの取材なんですか」

尋問口調で亜澄は続けた。

「あの神社の境内には、『縁結び石』があるんですよ」

沙也香は葛原岡神社の方向にちょっと視線を移して答えた。

「知ってますよ。あちこちに看板が出てますからね。葛原岡神社自体とは違って新しいものでしょう。たしか以前からあった大黒天の祠の前に男石と女石を並べたんですよね。十数年前だと思いましたけど」

素っ気ない口調で亜澄は言った。

「でも、スゴい人気なんですよ。もともと葛原岡神社は銭洗弁財天と並んでパワースポットとして人気が高い場所です。で、『縁結び石』ですよ。若い子の注目が高いに決まってるじゃないですか」

沙也香は弾んだ声で言った。

「どこで書いているんですか」

興味なさそうな顔つきで、亜澄は訊いた。

「わたし、ある女性向けファッション月刊誌で、働く女性に休日の過ごし方を提案する『がーるずホリデーぷらす』ってコラムを持ってるんですよ。で、湘南地域は三ヶ月に一回は扱うんです」

明るい声で沙也香は説明した。

「へぇ、そんなヒマ記事を書いてるんですか」

亜澄は唇を歪めて言った。

「ヒマ記事ですって？」

きつい目つきで、沙也香は亜澄を睨みつけた。

亜澄は黙って視線だけをそらしている。

急に沙也香はニヤッと笑った。

「そうね、ヒマ記事かもしれない。だって、そんな記事が必要なのはあなたみたいな女だけでしょう。少なくともわたし自身には必要がない」

すました顔で沙也香は言った。

「なんですって」

亜澄は両目を吊り上げた。

「今回の『縁結び石』が載るのは、秀学館から出ている『エリッシィ』の一一月号だから。九月二八日の発売予定だから、本屋さんでチェックしてみて」

笑いをこらえながら話すような沙也香の顔つきだった。

「そんな雑誌、読みたくもありません」

亜澄は強い声ではねつけた。

「そぉ？　なんなら鎌倉警察署に一冊送ってあげましょうか」

沙也香は亜澄をからかっているように見える。

「必要ありませんっ」

激しい声で答えた亜澄は、ちょっと反省したような顔をして平静な表情に戻った。

「あなたの取材内容はどうでもいいんです。いまのはなんの騒ぎだったんですか?」

亜澄は話を本題に振った。

「はぁ、騒ぎなんて起きていませんけど?」

沙也香は平然と答えた。

「とぼけないでください。いまうちの地域課員とモメてたでしょ」

巡査のほうをちらっと見て亜澄は言った。

「この黄色いテープの向こうでなにをしているかを、あのおまわりさんに訊いていただけのことです」

沙也香は巡査を指さした。

一瞬、巡査はビクッと身体を震わせた。

「なんで、そんなことを訊くんですか」

亜澄は重ねて強い声で訊いた。

「わたしの友だちが関係あるかもしれないからです」

負けじと沙也香はきつい声で答えた。

「どういうことですか?」

亜澄の声はけげんに響いた。

「友人の英美里さんに関することです」

沙也香ははっきりした口調で言った。

「おはようございます。ご苦労さまです」

英美里が進み出て亜澄にやさしい声であいさつをした。

「ああ、シーグラスの……」

亜澄は英美里がそこにいることに初めて気づいたかのように言った。

「はい、波多野英美里です」

英美里は元哉と亜澄に向かって頭を下げた。

元哉は笑みを浮かべてあごを引いた。

英美里は、面長で目鼻立ちがくっきりしているために派手めの顔立ちに見える。が、沙也香とは違って性格はおとなしく、接していると、なんとなく癒されるところもある。一方で他人と接する態度などははっきりしていて、元哉は英美里に芯の強いところがあるように感じている。

髪は少し明るめのベージュに染めていて、ほっそりスッキリとしたスタイルは沙也香と似ていて、まるで姉妹のように見える。

亜澄は英美里には強い敵愾心は抱いていないようだ。だが、先月の事件ではさほどの必要もないのに、英美里のアリバイ確認を行うようなところがあった。

亜澄と沙也香の諍《いさか》いを、立哨する若い巡査に見せたくはなかった。

「ちょっと上の参道広場あたりへ行きましょうか」

元哉が誘うと、沙也香と英美里はそろってうなずいた。

三人は葛原岡神社の参道まで進み、置いてある素朴な木のテーブルとベンチを目指した。

亜澄は黙って従《つ》いてきた。

沙也香と英美里が並んで座り、元哉はテーブルの反対側に腰を下ろした。

亜澄は隣のベンチに沙也香たちのほうを向いて座った。

「じつはさっき境内にいたら、鎌倉警察署から電話が掛かってきたんです」

眉間に縦じわを寄せて英美里は言った。

「どんな電話ですか？」

間髪を容れず亜澄が訊いた。

「若くはない男性の声で、まず、わたしがどういう人間であるかを訊かれました。不安だったんですが、相手の電話番号の末尾が〇一一〇だったので警察だと信じて、七里ヶ浜在住のイラストレーターでシーグラス作家であることを告げました」

不安そうな面持ちで英美里は答えた。

「賢明な判断ね。〇一一〇番は警察署に間違いないですよ。それからなにを訊かれました」

　亜澄はやわらかい声で続けた。

「野中重之《のなかしげゆき》とはどういう知り合いだ？　最近はいつ会ったのか？　野中について最近なにか変わったことに気づかなかったか？　という質問でした」

　英美里は憂うつそうな顔で言った。

「その人は誰なんですか？」

　思わず元哉は尋ねた。初めて聞く名前だ。

「野中さんですか。わたしの知り合いのガラス作家です。でも、そんな親しい人というわけではなく、前に会ったのも半年ほど前です。それよりさらに半年くらい前に、野中さんの個展が銀座の画廊で開催されたことがあったんです。ふらっと立ち寄ったのがご縁で、二度ほどお茶したことがあって、次の個展のパンフレットに載せるイラストを頼みたいというようなお話も頂いていたのですが、最近はお互いに連絡を取ることもありませんでした。なので、なぜ警察からわたしに電話があったのか、まったくわからないのです」

　困ったような顔で英美里は言った。

「シーグラスとは関係なく、野中さんとは知り合いになったのですね」

元哉は深い意味はなく尋ねた。

「はい、野中さんはシーグラスにはあまり興味がないようで、その話は弾みませんでした」

浮かない顔で英美里は答えた。

「そうか……ガラス作家だったのか……」

亜澄がつぶやくように言った。

「わたし、電話を掛けてきた人に『どういうことですか？』って訊いたんです。そしたら、詳しいことは言えないが、野中さんについて訊きたいことがあるかもしれない。その場合には訪ねるかもしれないから、住所を教えてほしいと言われました。仕方ないので、住所も伝えました。でも、わたしにはなんのことかさっぱり」

英美里は眉根を寄せた。

「今朝からわたしたちは『縁結び石』の取材をしていたんですよ。英美里をモデルにして写真を撮っているところに警察から電話があって、英美里はすっかり心配しちゃって」

沙也香は口を尖らせた。

「心配はいりませんよ。警察は必要だと思った内容を訊いただけですから」

亜澄は諭すように言った。

「だって電話はかなり一方的な感じだったんですよ。いろいろ訊いてくるのに警察側の情報は出さないなんて失礼ですよ。英美里は犯人扱いされてるんじゃないかって不安なんですよ。だから、これから鎌倉警察署に行って事情を訊こうと思ってたんです。で、駐車場まで戻ってみたら、パトカーとかがいっぱい駐まっているじゃないですか。ここまで下りてきたら、黄色いテープが張ってある。これって事件現場ってことですよね。もしかして、その野中さんって人になんかあったんじゃないかって、そのおまわりさんに訊いてたんですよ」

いらだちを沙也香は言葉に乗せて亜澄にぶつけた。

「なるほど、事情はわかりました」

すました顔で亜澄は答えた。

「ほら、警察はそうやって自分たちだけわかったって言って、わたしたちにはなにも教えてくれないじゃないですか」

沙也香の声には怒りが籠もっていた。

警察に対する怒りなのか……。それとも亜澄に対する怒りなのだろうか。

しかし、沙也香がそこまで亜澄に怒る理由はないようにも思うのだが。

「捜査情報についてはお教えできないこともあるんです」

亜澄はまだ冷静さを失っていないようだった。

「わたしたちから好きなだけ情報を聞き出して、こっちにはなんにも教えないなんて勝手じゃないですか」
ますますきつい声で沙也香は言った。
「それがわたしたちの仕事なんです」
亜澄はきっぱりと言い切った。
「卑怯《ひきょう》な組織だわ」
沙也香は吐き捨てるように言った。
「なんですって」
目を剝いて亜澄は沙也香を見据えた。
二人は三メートルほどの距離をとってにらみ合っている。
二人の視線が空中でぶつかった。
まるで火花が散っているような激しさだ。
亜澄も沙也香も唇を力強く引き結んでいた。
英美里はオロオロした表情で身をすくめている。
元哉はやりきれなくなった。
この二人はどうしてこんなに折り合いが悪いのだろう。
教えてもかまわない情報については、問われるままに話すべきだと元哉は考えていた。
隠す意味がない情報はいくらでもある。自分が話すことにより、英美里からなにか新しいことを訊き出せるかもしれない。

「まぁ、いずれわかることだ。規制線のなかのことを話してもいいんじゃないか」

低い声で元哉は亜澄に向かって言った。

「吉川くんがそうしたいなら、勝手にどうぞ」

亜澄はそっぽを向いた。

「規制線のなかでは遺体が発見されたんですよ」

元哉に、沙也香と英美里はいっせいに注目した。

「やっぱり……」

沙也香は低くうなった。

彼女は勘がいいところがあるような気がする。

たくさんの警察車両が駐まっているのだから、大きな事件と推察したのだろう。

「まさか……その遺体っていうのは……」

英美里は青い顔で訊いた。

「遺体は身元がわからなかったが、スマホを持っていたんです。そこで、スマホを鎌倉署に持ち帰って解析したわけです。波多野さんは最近、野中さんと電話で話したかな？」

問いには直接答えずに、元哉は質問をした。

「いいえ、ここ数ヶ月以上、電話を頂いたこともありませんし、こちらから掛けたこともありません。本当にただの知り合いに毛が生えたようなおつきあいなんです」

英美里は生真面目な顔で答えた。

「なるほどね。ここからは想像だけど、警察ではスマホのアドレス帳にある電話番号に片っ端から電話をしたのだと思う。波多野さんは野中さんの名前や連絡先は訊かれなかったんですね？」

やわらかい声で元哉は訊いた。

「ええ、わたしの本人確認が済んだら、いきなりどういう知り合いかって訊かれました」

ちょっと不快そうに英美里は答えた。

「だとすれば、波多野さんより前に電話した人間から氏名や住所などを聞き出していたんだな」

元哉はなにげない調子で続けた。

「あの……黄色いテープの向こうで亡くなっていた方は、やっぱり野中さんなんですか」

真剣な顔つきで英美里は訊いた。

「うん、残念ながら遺体が持っていたスマホが野中重之というガラス作家のものであれば、特別な事情がない限り亡くなっていた人は野中さんと考えるのが順当でしょう。まだ、警察では確定できていないと思うけど」

いまの時点では、遺体が野中である根拠はスマホの持ち主が野中重之という人物であるということだけだ。

「そうなんですか……」

英美里はぼう然とした顔つきでぼそっと言った。

「もう一回繰り返すけど、波多野さんは野中さんとは親しくはなかったんですよね」

元哉は英美里の表情を見て念を押した。

「ええ、会った回数も四回くらいだと思います。でも、なんでですか？」

不思議そうな顔で英美里は訊いた。

「いや、落ち込んでるみたいだから」

笑みを浮かべて元哉は答えた。

「話したこともあって一緒に食事をした方がそんな亡くなり方をするなんて、やはりショックです」

落ち着いた声で英美里は答えた。

「あなたは、野中さんがどんな亡くなり方をしたのか知ってるの？」

亜澄がすかさず突っ込みを入れた。

「いえ、知るわけないです」

さも意外そうな顔で英美里は答えた。

「だって、いま『そんな亡くなり方』って言ったでしょ？」

しつこく亜澄は訊いた。

「こんな場所で亡くなっていたってことを言ってるだけです」

さすがに亜澄のくどさに、おだやかな英美里も尖った声を出した。

「この人、いつもこんな感じよ。しつこいし、揚げ足とるようなことするの」

不愉快そうに沙也香は口を尖らせた。

「余計なお世話よ。これが仕事なんだって」

亜澄は歯を剝きだした。

また始まった。まったく嫌になってしまう。

「ところで、波多野さんは野中さんの家族は知ってますか？」

その場の空気を変えようと、元哉は新しい質問をした。

「野中さんはお一人だったと思いますよ。詳しいことは知りませんけど」

英美里はさらりと答えた。

独身となるといろいろと面倒なことが待っている。警察では遺族を特定してその者に連絡を取らねばならない。遺体の引き取り手を探す必要があるのだ。

「野中さんって、けっこういい年齢ですよね」

さっき見た遺体は、壮年という感じだった。

「ええ、わたしの父よりはずいぶん若いけど……五〇歳くらいじゃないですか。詳しくは知りません」

英美里は小さく首を横に振った。

「ほかに知っていることはないですか？」

畳みかけるように元哉は尋ねた。

「いえ……とくに……あ、そうだ。若い頃は鎌倉にいたけど、ずっと小樽で修業してたって言ってました。で、一年くらい前に古巣の鎌倉に戻ってきたって……それから工房はこの近くだったような気がします。鎌倉の梶原って言ってました。このあたりも住所は梶原ですよね」

あたりを見まわして英美里は言った。

「梶原のどこか知ってる？」

亜澄は力を込めて訊いた。

「さぁ、そこまでは……」

英美里は首を横に振った。

「なんでもかんでも英美里に訊かないであげてよ」

沙也香は口を尖らせた。

「あなたには関係ないでしょ」

つっけんどんに言ってから、亜澄は急に明るい顔つきに変わった。

「そうだ……滝川さん、あなた昨夜の九時から一一時頃はどこにいましたか」

亜澄は沙也香の顔を覗き込むようにして訊いた。

「えっ！　その野中って人殺されたの？」

沙也香は目を大きく見開いた。

「そんなこと言ってない。だけど、あなたが事件と関係ないって言い張れるでしょ」

ニヤニヤしながら亜澄は言った。

なんの関係も見つかっていないのに、なぜ沙也香のアリバイなど訊くのか。

どうも亜澄は常軌を逸している。

だが、なぜか沙也香もゆとりの表情を保っている。

「わたしの昨夜のアリバイはそちらにいる吉川さんがご存じよ」

余裕と見える笑みを、沙也香は浮かべた。

「いっ」

奇妙な声を出したまま、亜澄は固まってしまった。

「お、おい。なに言ってんだよ。俺は昨日は仕事だ。それに滝川さんとは会ってないじゃないか」

元哉はあわてふためいて顔の前で手を振った。

「うふふ。冗談よ」

沙也香は元哉と亜澄の顔を交互に見て笑った。

「け、刑事に向かって冗談はやめなさい」

舌をもつれさせて亜澄は難じた。

ここばかりは亜澄に味方したくなった。

「残念だけど、昨日までわたしは沖縄にいたの。取材で現地で三泊したのよ。それで、一一時羽田着二三時ちょうどのＡＮＡに乗って帰ってきたから、九時は飛行機のなか、一一時は羽田空港にいたことになる。同行したカメラマンと一緒だったけど、裏もとりますか」

沙也香は自信たっぷりに言った。

「必要なら裏をとりますよ」

開き直ったように亜澄は言った。

沙也香も悪趣味だ。亜澄が嫌がるのがわかっていて、こんな根も葉もないことを冗談にして口にするのだから……。

亜澄は鼻から早く短く息を吐いている。

いずれにしても沙也香のアリバイは確実のようだ。

「あの……わたしは昨夜は小田原の実家に泊まりました。中学の同級生の二人と遅くまで飲んでいたので、その時間は彼女たちと一緒でした」

言い訳するような口調で英美里は言った。

彼女もまたアリバイは完璧のようだ。

「必要なら裏をとります」

もはや亜澄はヤケクソになっているようだ。

だいたい、彼女たちのアリバイに意味などないのだ。

「話を戻すけど、野中さんはガラス作家ということですけど、有名な作家さんなんですか？」

英美里に向かって元哉は新たな質問をした。

「そうですね、鎌倉に来て日も浅いのに、何回か個展も開いているようです。人気はあったんじゃないでしょうか。わたしはイラストだけど、画廊やデパートなんかで個展をやるのって、とても難しいんですよ。ある程度作品が売れてくれないと、画廊もデパートの美術部も相手にしてくれないし……実を言うと、わたし自身はデパートや一流画廊での個展は開いてもらったことはありません」

英美里は眉根を寄せた。

「なるほど……野中さんは人気作家だったと考えてもいいのですね」

元哉の言葉に、英美里はにこやかにうなずいた。

「そうだと思います。どこに住んでいたって、デパートや画廊、工芸品ショップに作品を扱ってもらえれば、ファンは増えていきますから。それに、かつてと違って工芸作家の作品はオンラインでもけっこう売れるのです」

英美里は静かに答えた。

「ほかに、なにか野中さんについて知っていることはありませんか」

元哉は英美里の顔を見ながら訊いた。

「ああ、思い出しました。お食事したときに野中さんがけっこう酔ったことがあるんです。そのときに言ってました。本当はずっと鎌倉でやっていきたかった。だけど、鎌倉にいられない事情があって、故郷の北海道に戻ることになったって……たしか野中さんは道東の釧路の出身って言ってたと思います。『冬の幣舞橋《ぬさまいばし》から眺める蓮葉氷《はすはごおり》を知っていますか。俺はあんなガラスを作ってきたけど、なかなか思うようには作れない。自然の持つ造形力の凄さを考えると、俺たちはなにができるんだろうって悩んでしまう』と、そんなことを言っていました」

英美里は記憶を辿るような顔つきになった。

「蓮葉氷って初めて聞く言葉ですね」

元哉はその姿を知りたかった。

「海や川のうねりによって割れた氷同士が、ぶつかって縁の部分がめくれ上がって丸くなる氷です。蓮の葉っぱのようにも見えるので、蓮葉氷と呼ぶんだそうです。わたしは実物を見たことがありませんが……」

英美里はささっとスマホを操作して一枚の写真を表示させた。

「わぁ、きれい」

沙也香がうっとりした声を出した。

蒼い川面に丸い氷が隙間ないほどにいくつも浮かんでいる。蓮の葉よりも大きな氷のタイルを川面に敷き詰めたように見えた。表面はフロストシュガーをかけたように細かな白で覆われていた。粉雪なのか氷なのか。まさに華麗な自然のページェントだ。

「たしかにきれいですね」

元哉は写真に見入ってしまった。

亜澄はあらぬ方向を見て黙っている。

「釧路川に流氷のように浮かぶのが、釧路の冬の名物なんだそうです。厳冬期の一月中旬から二月に現れることが多いんですって。野中さんはこの蓮葉氷の美しさをガラス作品に閉じ込めようとずっと努力なさって、手作りした何枚ものガラスを重ね合わせてもう一度焼く技法を編み出したのです。話が前後しますが、わたし、銀座の個展の会場に入っていったのは、表に掲示してあった『氷燦《ひょうさん》』という作品のポスター写真に惹かれたからなんです。会場でその素晴らしさに心を打たれて、小一時間も見入っていたんです。

そしたら、野中さんに声を掛けられたのが、話し始めたきっかけでした」

英美里は口もとに笑みを浮かべて、ゆったりと言葉を継いだ。

「野中さんは各種のグラスやガラスボウルなどの食器や花器などに人気があるのですが、『氷燦』は食器などでなくオブジェでした。ひとつではなく、『氷燦Ⅰ』、『氷燦Ⅱ』などいくつかの作品があって、かたちが少しずつ違っています。切り出した氷のようなガラスの壺の表面にたくさんのガラスが貼り合わせてあって、素晴らしく複雑な輝きを持っているのです。たしかに蓮葉氷にインスパイアされた美しさでした」

眼を輝かせて英美里は言った。

「蓮葉氷も見てみたいが、『氷燦』が見たいな。その写真はないんですか」

元哉の問いに英美里は小さく首を横に振った。

「残念ながら写真は持っていません。野中さんは『氷燦』を編み出した技法に大きな思い入れを抱いていたようです。それは故郷への愛を作品に留めることができる野中さんにとっては、唯一無二の方法だったようです」

しんみりとした口調で英美里は言った。

「野中さんは釧路を愛していたんですね」

元哉の問いに、英美里はゆったりとうなずいた。

「そうですね。だけど、蓮葉氷は小樽でも見られるんで、つい小樽に住んでしまった。

でもどこよりも釧路が好きだ。そんなことを野中さんは言っていました」

すっかりおとなしくなった亜澄はいつの間にか英美里の話に聞き入っている。

造形作家として、大変に生真面目な野中重之という男の横顔が浮かび上がってきた。

そんな真摯な仕事をしてきた工芸家がなんのために殺されなければならなかったのか。

少なくとも物取りの仕業ではなさそうだ。元哉はほとんど確信していた。

元哉のスマホが振動した。

ディスプレイを見ると、正木班長の名が表示されている。

「ちょっと失礼」

通話の内容を沙也香と英美里に聞かれたくないので、元哉はテーブルを離れて、車止めのある参道の入口まで足を運んだ。

「はい、吉川です」

あわてて電話に出ると、正木班長の野太い声が響いた。

「吉川、おまえらいまどこにいる？」

「まだ、葛原岡神社です」

力なく元哉は答えた。

「いままで何してたんだ？」

正木班長はけげんな声で訊いた。

「すみません、マルガイらしき人物を知っている参考人と偶然に出会ったもんですから。話を聞いていました。マルガイは野中重之という男ではないかと思うのですが……」

　言い訳するように元哉は言った。

「その通りだ。野中さんの姉が札幌にいることがわかった。いま、こちらに向かっているところで、遺体の本人確認はできていない。だが、写真で面通ししたところ、弟に間違いないということだ」

　やはり遺体は野中本人で間違いないのだ。

「で、野中さんの現住所は梶原五丁目六番地××号。工房が隣接しているそうだ。おまえらのいる場所から二〇〇メートルほどの距離だ」

「じゃあ、現場まですぐですね。運転免許証や財布を持たずに自宅を出た可能性がありますね」

「俺もそう思う。近所で店もない場所だ。野中さんはスマホだけを持って家を出た可能性は高い」

　正木班長は元哉の考えに賛成してくれた。

「わたしたちが確認しましょうか」

「いや、それは明日にほかの者をやる。野中さんは家にスマートロックで入っていたらしく、いま行っても戸口を開けられないだろう」

たしかに正木班長の言うとおりだ。

「そりゃあそうですが」

「お姉さんは野中さんからスペアキーを預かっているそうだ。お姉さんに協力してもらって、別の捜査員に建物内を捜査させる」

「わかりました」

「ところで、吉川たちは葛原岡神社で、野中を知ってる人間に会ったたって？」

「実はその関係者に鎌倉署から電話が入ったそうなんです。わたしのちょっとした知り合いなので、向こうから声を掛けてきたというわけです」

「しかし、よくそんな関係者に会ったな」

驚きの声で正木班長は言った。

たしかに沙也香たちが『縁結び石』の取材に来ていたのは偶然には違いない。

しかし、婚活は三〇代の女性などには関心が高いだろうし、パワースポット人気も相変わらず高い。女性ファッション誌が『縁結び石』を取材対象とすることは自然な話だ。また秀学館という出版社に確認をとれば、沙也香がその取材を行っている裏づけをとるのは簡単だ。沙也香たちがこの場所にいるのは、不思議でもなんでもない。偶然なのは、その取材現場の近くで遺体が発見された事実のほうだろう。

「さっき伝えた住所などの情報もそうなんだが、鎌倉署じゃマルガイのスマホの解析が進んでいる。スマホの電話帳に載っていた一五〇人ほどの人間に片っ端から電話した。固定電話の番号もあるので、現在のところ三五人くらいしか連絡がついていないそうだ。吉川の知人はその一人というわけだな。なんていう人物だ？」

「わたしに声を掛けてきたのは、市内七里ヶ浜在住のイラストレーターで、波多野英美里という三〇代頭くらいの女性です。一ヶ月ほど前からのわたしの知人です」

以前の鎌倉での建築家殺害事件でも、英美里は関係者と言えば関係者だ。しかし、ただ単に被害者と交友関係にあっただけのことに過ぎない。その件を持ち出すと、面倒なことになりそうなので、元哉は正木班長には伝えなかった。

その事件で被害者の家族だった若尾《わかお》結花《ゆいか》と英美里は、ともに美大出身で同じイラストレーターという職業だった。鎌倉の土地柄ゆえか、たくさんの美術作家や工芸作家が居住している。アーティストたちにはゆるいつながりがあるようにも思う。

「波多野英美里という女性だな……名前や連絡先は確認してあるが、はかばかしい回答は得られていないようだ」

なにかの資料を確認しながら、正木班長は答えているようだ。

「波多野さんは、銀座の画廊の個展を偶然見にいったことから野中さんと知り合ったそうですが、会った回数も少なく、最近はとくに連絡もとっていないようです」

さらりと元哉は伝えた。

「おい、そいつがマルヒという可能性はないのか」

正木班長はいくらか疑わしげな声を出した。

「まず違いますね。波多野さんは野中さんとは知り合い程度の仲だそうですし、同行していたもう一人の知り合いの滝川沙也香さんは野中さんのことをまったく知らないと思います。それに、いちおう確認しましたが、二人とも昨夜はしっかりとしたアリバイがあるようです」

元哉は自信のある声を出すしかなかった。

「そのアリバイの裏をとらなくていいのか」

やはりそう来るだろうと思っていた。裏をとるのは、刑事の常道だ。

「二人ともその必要はないと思います。波多野さんにしても野中さんとの関係性が希薄すぎます」

元哉は言葉に力を込めた。

「まぁ、捜査員の数は限られているからな。誰でも捜査対象にするというわけにはいかない。おまえがそこまで言うなら、とりあえず後回しだ」

信頼してもらっていることはありがたい。

「はい、仮に鑑取り捜査が行き詰まっても、波多野さんと滝川さんについては対象とする必要はないと思います」

「で、波多野さんから、なにを聞けた？」

「野中さんがデパートや一流画廊で個展を開催できるくらいのレベルのガラス作家であること、さらにこの近くの梶原に工房を構えていたこと。釧路出身であって、鎌倉からスタートしたが、ずっと小樽で活動していたこと。一年ほど前に鎌倉に戻ってきたことくらいです」

「そのあたりについては、今後捜査が必要だ。マルガイの野中さんにはガラス作家の友人が多いそうだ。また、画廊や複数のデパートの美術部の連絡先もスマホの電話帳に載っていた。すでに、仕事関係の鑑取り捜査に着手している。おまえたちは、地取りを続けてくれ。現場の下にある梶原五丁目一〇番地から一七番地を割り当てる。なにかあったら、俺に電話してくれ。以上だ」

正木班長は力強く言って電話を切った。

スマホが振動したが、三人のようすを確認してから見ようと思って元哉がテーブルに戻ってみると、沙也香と英美里は、静かになにごとかを話していた。

亜澄は黙ってスマホをいじっている。

とりあえず沙也香とのいがみ合いは起きていなさそうなので、元哉はホッとした。

元哉も自分のスマホを見たら、鎌倉署刑事課長から野中重之の氏名と職業、住所を記したただけの簡単な一斉メールが届いていた。四八歳という野中の年齢も付記されていた。

「では、僕たちはこれから捜査に戻りますので、これで失礼します」

元哉は沙也香と英美里に向かってしっかりと頭を下げた。

「どこ行くのよ？」

突っかかるように亜澄が言った。

「正木班長から地取りを続けるようにと指示された。梶原五丁目の一〇番から一七番地だ。現場至近の住宅からまわろう」

元哉は力強く言った。

「どっちに行くかもわかってないんでしょ」

亜澄は鼻の頭にしわを寄せた。

「そりゃ……まぁ……」

そう言われてみると、この参道を出ても進む先は亜澄に訊くしかない。

「こっちだよ」

亜澄は元哉の二の腕をつかんで、どんどん先に歩き始めた。

引っ張られるように仕方なく従いて行きながら、元哉は亜澄の腕を振りほどいた。

なんの反応も見せずに、亜澄は早足で進んでいく。

「お疲れさまぁ」

「お気をつけて」

沙也香と英美里の明るい声が背後から響いた。

ちらっと振り返ると、二人は笑顔で手を振っている。

顔だけ二人に向けて元哉は愛想笑いを浮かべながら亜澄の後を追いかけた。

かなり格好悪い退場になったことは否めない。

3

亜澄は現場方向に続く舗装路の坂道を下り始めた。

さっき上がってきた土日・休日と祭礼日の昼間は車両通行禁止の道路だ。

そのまま亜澄は現場に続く細道を通り過ぎた。

「今度も偶然だというわけ？」

前を向いたまま亜澄は尖った声で訊いた。

「なんの話だよ」

なにを訊いているかはわかったが、元哉はあえてとぼけた。

「前の事件のときはマルガイ宅に姿を見せたし、今度は現場近くにいち早く現れた。あの英美里って女は、なんでこんなに早く、あたしたちの目の前にしゃしゃり出てくるのよ」

とげとげしい亜澄の声が響いた。

「知らないよ。取材に来てたって言ってたじゃないか」

元哉は口を尖らせた。

「あんた、捜査情報を漏らしてんじゃないでしょうね？」

立ち止まって、亜澄はちらっと元哉の顔を見た。

亜澄が元哉をあんた呼ばわりするときは、相当に機嫌が悪いのだとわかっている。

「そんなはずないだろ。だいいち、本部の捜一の部屋から現場まで、ずっと誰かと一緒だったよ」

いささかムカつきながらも、元哉は理詰めに説明した。

「それならいいけど」

あっさり亜澄は旗を巻いた。

「小笠原は、どうしてそんなに滝川さんたちを敵視してんだよ」

元哉の文句に亜澄は答えずにスマホを覗き込んでいる。

「割り当ては五丁目の一〇番から一七番だったよね」

亜澄はスマホのマップを覗き込みながら訊いた。

「そうだ。小笠原が言っていた現場のあずまやに一番近い民家から始めろっていうことだ」

「とりあえず一一番に行く前に、この道沿いの家だけはまわっておこうよ。何軒もないし」

「異存はない」

「じゃ、この細道が北鎌倉駅に抜ける広い道に出るまでの両側の家ね。一部は山ノ内になるけど……あたしが吉田係長にメールしとく」

亜澄はスマホを操作し始めた。

「ね、マルガイの住所のメール来てるよね。五丁目六番だって？」

スマホの操作を終えた亜澄は、元哉の顔を見て訊いた。

「ああ、正木班長もそう言ってた」

「いま言ったこの道沿いなんだよ。野中宅にも寄ってみない？」

興味深げに亜澄は言った。

「俺も班長にそう言ったんだ。だけどね、お姉さんがスペアキーを持っているんだって。お姉さんはいま札幌からこっちに向かってるんだよ。明日、ほかの連中がスペアキー借りて調べるから、俺たちは地取りを続けるようにってさ」

元哉はさらっと説明した。

「あ、そう」

亜澄はそれきり黙って歩き始めた。

いくらも進まないうちに、住宅が現れた。

「え？　こんな近くに家があるのか」

元哉は驚きの声を上げた。

「現場にいちばん近い家は、このあたりじゃないんだよ。この道からいったん階段で下りて、また坂を上りなおしたとこなんだ。とにかく鎌倉の住宅は山や谷の奥にあるから、回り道しないと辿り着けないことが多いんだよ」

したり顔で亜澄は言った。

とにかく鎌倉には谷戸や坂に沿った民家が多い。

その間を山や丘が隔てているわけだから、亜澄が言うような家は少なくはないのだろう。

細道はなんとかクルマが通れるくらいの幅がある。

「なるほどね……道の左側には民家が続いているな」

「右の崖の上にも家はあるんだよ。道の左側は梶原五丁目、右は山ノ内なんだよ。ちなみに梶原は鎌倉署の管轄だけど、山ノ内は大船署の管轄なんだ」

亜澄は道路の右側の崖を見上げながら言った。

雑木林や藪に覆われて建物などは見えない。

「そうなのか……この細い道で所轄が分かれるとはな」

この道で遺体が発見されたら、どちらの所轄が扱うのだろう。捜査一課にいる自分には関係のないことを考えながら元哉は足を進めた。

「この家は空き家みたいだな」

現れた家の玄関扉に不動産会社の管理を示す標示が掲げられていた。

「次の家も空き家だね」

亜澄が指さすように、二軒目にも同じ標示が見られた。

その次の家からは居住者がいるようだった。

マップで見ると、現場からは一二〇メートルほど離れている。

この家とその先に連なる数軒の民家を、元哉たちは次々に訪ねた。

ほとんどの家で誰かしら聞き込みに応対してくれた。

高齢者が応対することが多かったが、若い住人は働きに出ているのだろう。

しばらく行くと、道路の右側の山ノ内の住所に属する民家も現れた。

だが、十数軒の聞き込みで、有益な情報はなにひとつ得られなかった。

昨夜の九時から一一時頃に気になる物音を聞いた者も、その前後の時間帯に不審な人物や車両を見た者も誰一人見つからなかった。

「やっぱり家のなかにいると、一〇〇メートル以上離れている場所の音は聞こえないみたいだね」

亜澄は冴えない声で言った。

「犯人はこの道から逃走したのではないのかもしれないな」

元哉は肩をすぼめた。

野中重之はこの道を通って現場まで歩いていった可能性が高いが、そんな男の目撃証言もなかった。

昨日の日没は六時五〇分頃だが、日が暮れてから外へ出た住人はいなかった。

まぁ、地取り捜査でヒットすることはまれだ。つまり、成果なしがあたりまえだ。

左手には手すりのついた長い階段が見えている。

階段沿いにも住宅の屋根が見えるが、現場からはさらに離れている場所なので、聞き込みはあまり意味がなさそうだ。

もっともこの地域の地取り捜査は、今後も別の捜査員によって行われるはずだ。

「あのさ、この先に野中さんの工房があるはずなんだよ。ここから一〇〇メートルくらいかな。ほら、あの緑色の屋根がそうみたい」

亜澄は階段には関心を示さず、スマホのマップと道の先を見比べて言った。

「そうか、やっぱり現場とはすぐ近くだったんだな」

頭ではわかっていたことだが、元哉は身体でも実感していた。あずまやから二〇〇メートルもない距離だ。徒歩では三分くらいしか掛からないだろう。

「ねっ、行ってみない」

亜澄は弾んだ声で言った。

「道から見るだけだぞ。庭へ踏み込むと後が面倒だ」

元哉は渋い声で承諾したが、ここまで来たらひと目くらい見てみたいのは同じだった。

「わかってるよ。あたしたちはあの家に行くことは命令されてないもんね」

ニッと笑って亜澄は歩き始めた。

野中重之の工房は、道路の左側の斜面に突き出すように建っていた。

住居部分はおそらく数十年を経た古い家だ。緑色のトタン屋根に白く塗られた板壁の二階建てだ。なんとなく昭和のムードが漂っている。

門はなく、よく見かけるスチールの赤いポストに住所と野中重之の名前が書かれていた。

その隣にごく新しい濃紺のサイディング張りの平屋が建っている。

奥の屋根から煙突らしきものが空に伸びていることや、溶解炉用と思しきプロパンガスボンベが三本も並んでいることからも間違いなく工房だ。

工房部分の入口には木目を活かした焦げ茶色の板に《工房かがやき》の白い文字が躍っていた。

屋内からは何の音もなく、あたりには小鳥のさえずりが響くばかりで静まりかえっている。

「静かな場所ね」

亜澄はぽつりと言った。

「主《あるじ》を失ったからかな……」

元哉の口から珍しく感傷的な言葉が出た。

この工房でこれからもたくさんの作品が生まれるはずだったのだ。

「そうね……さぁ、現場から一番近い家に行くよ」

くるりと亜澄は踵を返した。

たしか現場から五〇メートルほどと言っていたが……。

「戻るのか？　まっすぐに行くんじゃないのか？」

元哉はいささか混乱した。

「このままま っすぐに行けば、梶原の住宅地に出る。一九六〇年代に野村不動産が開発した梶原山住宅地が中心になっているんだけど、坂道が多いんだ。バス停があるけど、バスに乗っても駅まで戻らなきゃならない。一時間くらいはかかるんだ」

「ああ、そんなこと言ってたな」

「で、バスを使わなくても、梶原の住宅地に出ちゃうと、その後も行程が長くてすごく遠回りになっちゃうんだよ」

亜澄は口を尖らせた。

「もっと近道があるんだったよな」

「いいから従いて来てよ」

道を戻ると、さっき見た長い階段のところまで来た。

「ここを下るのよ」

亜澄はさっさと階段を下りてゆく。

急な傾斜を持っていてうっかり転んだら、大けがをしそうな階段だ。

階段を下りたところには、左右にクルマが通れる舗装路があった。

「この道は右に行けば梶原の住宅地、左にしばらく行くと源氏山公園に出て、佐助の銭洗弁天から上ってくる道と合流するんだよ」

亜澄は左に曲がって、小川沿いの道を歩き始めた。

「さっき俺が登ってきた道に続くのか」

わずかに上る道の左右はうっそうとした森で、左手には住宅地に入る道が現れた。

「このあたりから一一番地だけど、先に現場に一番近い谷戸の奥からまわるよ」

前を見たまま歩きながら、亜澄は左の道に入ってどんどん進み始めた。

なんとなく源氏山公園に来てから、方向感覚や距離感が摑みにくくなっている。

マップを見ていると理解できたように思えるが、実際に歩いてみるとかなり混乱する。

両側が小高い丘となっている道の左右には、新しくきれいな家が多い。

歩いているうちに、一〇〇メートルほどで突き当たりになった。この道は袋小路なのだ。

突き当たりは数メートルの崖になっていて、切り立った斜面は笹の葉で覆われている。崖上はある程度は平滑《へいかつ》らしく広場などあるようにも見える。また、崖の端をふさぐようなかたちで杉の木などが植えられている。

「ね、目の前に見えている崖の上がどこだかわかる？」

おもしろそうに亜澄が訊いた。

「そうか……この上が現場か」

元哉は感嘆するような声を出してしまった。

「そう、だから崖すぐの右側に建っている家が現場に一番近い民家ってこと。さっきも言ったとおり、あずまやから直線距離だと五〇メートルくらいしかないんだよ」

亜澄は得意げに鼻をうごめかした。

「なのに歩くと、五〇〇メートルくらいはある」

低い声で元哉はうなった。

「そういうこと。鎌倉らしいよ。とにかく、この家から訪ねてみよう」

亜澄は弾んだ声で言った。

右側の家は白いサイディングの壁を持つ総二階の新しい家だった。カーポートには赤いフォルクスワーゲンのポロが駐まっている。

塀や門はなく、石畳のちいさなポーチに二人は立った。元哉には種類はわからないが、立派な観葉植物の鉢が焦げ茶色の玄関扉の左右に並んでいる。

亜澄が玄関脇に取りつけられたインターホンのボタンを押すと、建物内でチャイムの音が響いた。

「はい、どちらさまですか」

しばらくすると高年齢と思しき女性の声が返ってきた。

「おはようございます。神奈川県警の者です」

亜澄は愛想のよい声で、インターホンに向けて名乗った。

「なんかあったんですか」

いくぶん緊張したような声が聞こえた。

警察が訪れれば、普通の人間は身構えて当然だ。

「昨夜、この先の源氏山公園で起きた事件のことでなにかお気づきのことがないかと思いまして」

「ちょっと待ってくださいね」

インターホンから返事が返ってくると、すぐに玄関から白いブラウスに明るい緑色のエプロンを着けた老女が出てきた。七〇歳くらいだろうか。痩せて小柄な上品な感じの女性だ。

「あら、お若い刑事さんたちなのねぇ」

二人を見て、老女は好意的な笑みを浮かべた。

「おはようございます」

亜澄が警察手帳を提示したので、元哉もこれに倣った。

「あれ……やっぱり事件だったの？」

老女はいくぶん引きつった顔で訊いた。

「なにか気づきましたか」

亜澄は身を乗り出した。

元哉も老女の次の言葉に期待した。

「ええ、昨日の夜、崖の上のほうから男の人の叫び声が聞こえたんです」

緊張した声で老女は言った。

「なにか、言葉を発していませんでしたか」

静かな声で淡々と亜澄は訊いた。

感情を抑制しているところはさすがにプロだ。

「いいえ、『うわっ、うわーっ』というような声だけです。言葉にはなっていなかったわ。でも、驚いたというか、そんな感じでしたね」

老女も落ち着いた声で答えた。

「それで、警察などには連絡なさいませんでしたか」

亜澄は老女の目を見て訊いた。

通報がないことはわかっていたが、そのときの老女の受けた印象などを訊きたいのだろう。

「一回きりだったので、とくに大きな問題が起きたとは思わなかったんです。酔っぱらいかもしれないし……主人が『放っておけ』と言うので、警察などには連絡しませんでした」

老女は肩をすぼめた。

つまり、夫婦で叫び声は聞いたが、それほどの問題とは考えていなかったということだ。

たしかに酔っぱらいが叫び声を上げても同じような感じになる場合もあるだろう。

「いいえ、それはいいんです。ところで、叫び声は上の源氏山公園の広場から聞こえたのですか」

やわらかい声で亜澄は質問を続けた。

「そうね。上の広場だと思うわよ。それは想像がついたけど……」

すまなそうな顔をする老女が、元哉はいささか気の毒になった。

「何時頃のことか覚えていますか」

亜澄は重要な問いを発した。

「覚えているわ。いつも九時からNHKの『ニュースウオッチ9』っていう番組を主人と二人で見てるのよ。それが終わる頃……最後のBGMくらいの頃だから一〇時ちょっと前よ」

眉間にしわを寄せて真剣な顔で老女は答えた。

「一〇時ちょっと前ですね」

ゆったりとした調子で亜澄は念を押した。

「そうです。叫び声が聞こえてすぐに、次の番組に変わっちゃったから」

老女ははっきりとあごを引いた。

元哉の気持ちは明るくなった。

その時間が事件発生時刻の可能性は高い。これは貴重な情報だ。司法解剖しても、死亡推定時刻にはどうしても二時間以上の幅が出てしまう。

「昨夜やその前後の日で、怪しい人物やクルマなどは見かけていないですか」

亜澄は問いを変えた。

「ないわねぇ……。わたしはいつもうちにいるんですよ。主人は非常勤で働いているんだけど……。だから、この家の前あたりに怪しい人やクルマがいたら気づくと思うの。でも、ここのところ、そんな記憶はないわよ。もっとも、ごく短い時間なら気づくわけないけどね」

老女はちいさく笑った。

「ありがとうございます。大変に有益な情報を頂けました」

亜澄の言葉に、嬉しそうに老女はうなずいた。

「あら、役に立ったの？」

「ええ、叫び声を聞いた時刻を覚えていてくださったので、とてもありがたいです」

にこやかに亜澄は答えた。

「よかったわ」

老女は明るい顔で言った。

「あの失礼ですが、あとで確認のためにご連絡をするかもしれません。奥さまのお名前と電話番号を教えて頂けますか」

かるく頭を下げて亜澄は頼んだ。

「じゃあ、これをどうぞ」

老女はエプロンの前ポケットから、パッチワークの名刺入れを取り出して一枚を渡した。

色とりどりの花を束ねたブーケの写真が載っているアート紙の華やかな名刺だった。

——フラワーデザイナー　品川眞喜子《しながわまきこ》

続けて住所や電話番号、メールアドレスなどが書いてあった。

「奥さまはフラワーデザイナーでいらっしゃるんですか」

亜澄はびっくりしたような声で訊いた。

元哉も眞喜子の顔を見た。

「ウェディングのフラワーデザインと結婚式場のフラワーアレンジメントをしています。でも、もう歳だから、最近はあまり仕事していないの」

眞喜子はいくらか恥ずかしげに言葉を継いで亜澄に訊いた。

「ところで、上の広場でどんな事件が起きたのかしら？」

「まだ、はっきりしたことはお話しできないのですが、男性が殴られるという事件が起きました」

亜澄は慎重な口ぶりで答えた。

「ケンカですか。それとも強盗事件かなんかですか」

老女は眉をひそめて訊いた。

「いえ、そういうわけではないんですが……」

あいまいに亜澄は言葉を呑み込んだ。

「ごめんなさい。刑事さんには言えないこともあるわよね」

眞喜子は口もとに笑みを浮かべた。

「お時間を頂き、ありがとうございました」

亜澄が頭を下げたので、眞喜子はゆっくりとあごを引いた。

「頑張ってくださいね」

にこやかに笑って、眞喜子は元哉たちを戸口で見送った。

このような市民の応援はありがたい。

「さすがに鎌倉だな。ただのおばあさんだと思っていると技ありなんだな」

眞喜子がドアの向こうに消えると、元哉は言った。

「まぁ、鎌倉はいろんな人が住んでるからね」

亜澄は自慢げに言った。

元哉たちは周囲の家々に次々に聞き込みにまわった。

すると、ほかに三軒の住人から、叫び声を聞いたという証言が得られた。

ただ、時間を眞喜子のように正確に覚えている人はほかにはいなかった。また、怪しい人物やクルマを見たという発言をした者もいなかった。

まだまだ割り当てられている番地はあるが、昼食をとりたくなった。

元哉はとりあえず正木班長に、眞喜子をはじめとする事件発生に気づいた人々の証言を伝えた。

「さぁて、お昼にしよっか」

電話を切ると、亜澄が明るい声を出した。

「腹減ったな。俺はなんでもいいぜ。牛丼チェーンでもラーメン屋でも」

元哉は空腹を満たすものならなんでもよかった。

刑事の昼食は牛丼だのラーメンだのが通り相場だ。

だが、亜澄はにやっと笑って顔の前で人さし指を振った。

「あのね、牛丼チェーンなんて大船駅か藤沢駅、江の島まで行かないと一軒もないよ。ラーメン屋は駅まで戻る感じだね」

薄笑いとともに亜澄は言った。

「不便なとこだな。まったく」

かるく元哉は舌打ちした。

「ここから近いところの飲食店だと、銭洗弁天の下あたりに古民家カフェが二軒あるよ。両方ともランチが美味しいんだ。一軒は手作りハンバーグがお奨めでね……」

嬉しそうに話し始めた亜澄をさえぎるように、

「能書きはいいから腹にたまるものを食べられる店に連れてってくれ」

情けない声を出して元哉は頼んだ。

「まかしといて」

亜澄は元気よく言って歩き始めた。

連れていかれたのは、洒落た古民家を改造した《ちろり庵》というカフェだった。

庭木の緑が目に美しい。

元哉と亜澄は、ケヤキの大テーブルに向かい合って座り、和牛一〇〇パーセントのハンバーグステーキランチを食べた。

フォークをつけると、肉汁がジュッと染み出るハンバーグは、ガーリックソースの味もなかなかだった。

「でもさぁ、やっぱり物取りはあり得ないよね。あんな場所に強盗が出るとは思えない」

食後のコーヒーを飲みながら亜澄は言った。

「強盗するなら、もっといい場所があるよな」

元哉も考えは同じだった。

「鎌倉は暴力事犯は少ない地域だけど、たとえば、海岸とかなら深夜でもふらついている人がいるから、狙う犯人がいてもおかしくないけどね。源氏山で待ち受けている強盗犯なんて考えられない。怨恨の線だと思うよ」

亜澄は考え深げに言った。

「まぁそうだろうな」

通りすがりの強盗事犯は地取り捜査の効果が少ないと難航する。通りがかりだから、鑑取り捜査に意味はない。犯人と被害者の接点がないからだ。怨恨が動機の場合は鑑取り捜査が大きな意味を持つ。

ハンバーグステーキランチは美味かった。

ふだん食べないような高額な昼食となったが、場所的に仕方あるまい。

昼食後はふたたび割り当てられた番地の民家をまわったが、成果はまったくなかった。

一一番地でも四軒しか叫び声を聞いた家がなかったくらいだから、それより遠い家で物音を聞いた人がいるわけはなかった。怪しい人物やクルマについての目撃証言もなかった。

日没後、元哉たちはかなり疲れて鎌倉署に戻った。

結局、刑事部長判断で五〇人規模の捜査本部が鎌倉署に設置された。

第一回の捜査会議は午後八時に講堂で開かれた。

刑事部長は出席できず、副本部長の鎌倉警察署長と捜査主任の福島《ふくしま》捜査一課長が幹部席に座り、管理官席には二階堂《にかいどう》行夫《ゆきお》管理官といういつもの顔ぶれだった。

二階堂管理官が事件の概要について説明した。

現場で見聞したこと、英美里や正木班長から聞いていた話と同じ内容が披露された。

「検視官による死亡推定時刻は昨夜の午後九時から午後一一時ということだが、地取りにまわった捜査員の聞き込みにより、付近の住人が午後一〇時直前に叫び声を聞いている。このことから、事件発生時刻は午後一〇時前後と考えて差し支えないと思われる。検視官は背後から棒状のもので二度殴られたことによる脳挫傷等が原因の死亡と判断している。鎌倉署鑑識係員は現場で被害者の血液を採取している。従って、犯行現場は遺体発見現場のあずまや付近と考えるべきだ。ちなみに、現場付近には争ったような痕跡は発見されていない。被害者野中重之さんのお姉さんである野中由季子《ゆきこ》さんが札幌から駆けつけてくれて本人確認も終わった。写真確認と結果は変わらず、遺体は野中重之さん四八歳と確定した。本人確認が終わったために、現在、遺体は司法解剖にまわっているが、解剖の結果はこれらの事実を覆すことはないと思量される。整理すると、昨夜の午後一〇時前後に源氏山公園北側あずまや付近で背後から近づいた者に殴打されて死亡したものと推察できる」

二階堂管理官の言葉を捜査員たちは必死でメモにとっている。朝から現場にいた元哉にとってはあまり新しい内容はなかった。

「遺体が財布や運転免許証を保持していなかったことから物取りの犯行も考えられたが、

野中さんの自宅が現場から徒歩三分程度の場所であることから自宅内に残っている可能性が高い。これについてはお姉さんの野中由季子さんがスペアキーを預かっていたので、明日、被害者宅を捜索する予定だ。また、野中さんは活動歴二六年のガラス工芸作家である。このことから関係者に当たったところ、野中さんはかつて全美展会友の日本を代表するガラス作家、薬師寺国昭氏の弟子であったことがわかった。薬師寺氏は市内佐助に在住する七五歳の男性だ。野中さんは一〇年前に薬師寺氏の工房を離れて小樽で活動していた。が、一年ほど前に鎌倉に戻ってきて梶原五丁目に工房を開いたということだ」

二階堂管理官はちょっと言葉を切った。

薬師寺というガラス作家のことなどは元哉にとって初めて聞く話だった。

全美展は戦前から続く日本最大級の総合美術展覧会であり、正式名称は全日本美術展覧会といい、同名の公益法人が主催・運営している。

日本画、洋画、彫刻、工芸美術、書の五部門にわたって、毎年一一月に都内の美術館で公募展が開催される。この公募展に入選することは、各分野の芸術家にとって大変な名誉であり、各賞の受賞者は美術界での地位が飛躍的に向上する。理事や会友といった役員は運営や審査にも携わり、美術界の重鎮とされる。

「この薬師寺氏周辺などで関係者が数名見つかっている。いずれも鎌倉市周辺に居住するガラス作家だ。野中さんは鎌倉にはあまり友人や知人がいないようだ。スマホの電話帳に登録されていた人物は、画廊関係者や美術商、デパートの美術部員などがほとんどだった。こちらはある程度の人数がいるが、職場は都内と横浜とに分散している。なお、最近は番号が把握できない市内公衆電話からの通話以外はすべて電話帳掲載の仕事関係の通話しかなかった。さて、明日の捜査だが」

声を張って、二階堂管理官は講堂内を見まわした。

「まず地取り捜査を継続して行う。源氏山公園内には防犯カメラの設置がなく、夜間の駐車車両は皆無と言ってよい場所だ。従って、源氏山に登るための七方向の入口付近の駐車車両のドライブレコーダーや住宅に設置されている防犯カメラを洗ってもらう。次いで、鑑取り捜査だが、画廊関係者等の仕事関係を中心に聞き込みにまわる者、薬師寺氏周辺の関係者を当たる者、さらに被害者宅を捜索する者に捜査員を分ける。遺留品はないと言っていいので、これらの班分けでよいだろう。講堂の後方で班分けを行う。以上だ」

二階堂管理官の声に応じて、捜査員たちは講堂後方に集まった。

結局、元哉は亜澄と組まされて鑑取り班に組み入れられることになった。

「あの……わたしたちが薬師寺国昭氏周辺の人物の聞き込みにまわらせて頂ければありがたいです」

亜澄が吉田係長に売り込んだ。

「なぜだ？」

けげんな顔で吉田係長は訊いた。

「はい、吉川は鎌倉市内在住の美術家と親しいので、補助的な情報が得られるかもしれません」

弾んだ声で亜澄は言った。

予想もしない亜澄の言葉だった。英美里を指していることは言うまでもない。

「いいだろう。二人でガラス作家を当たってくれ」

吉田係長は、あっさりと亜澄の申し出を承諾した。

「ありがとうございます。頑張ります」

亜澄は吉田係長に答えた後で、元哉に向けてニヤッと笑った。

なんとなく不安な気持ちが元哉を襲っていた。

いずれにしても鎌倉で事件が起きたときには、亜澄と組まされるのは宿命的なものとなってきた。避けては通れないような気持ちに、元哉は囚われていた。

第二章　輝きを求めて

1

翌日も雲ひとつないほどの好天で、すでにかなりの暑さとなっていた。

九時過ぎ、元哉と亜澄は大船駅からバスに乗って関谷インターの停留所で下車した。

頭上にはインターの名に違わず大きく弧を描く高架橋が覆い被さるように通っていて、強い陽ざしをさえぎってくれている。

「インターっていうけどさ、このあたりに高速道路とかあったっけ？」

元哉はふと疑問に思った。

「ないよ。鎌倉市内には高速道路はもちろん、自動車専用道路は一本も通っていない」

亜澄はさらっと答えた。

「じゃ、なんでインターなんてバス停があるんだ？　この上の高架道路はインターじゃないのか？」

元哉の問いに、亜澄はつまらなそうに答えた。

「この道路は県道四〇二号で、大船の北側と横浜市瀬谷区を結ぶふつうの道路だよ。『かまくらみち』っていう愛称はあるけど、上の高架道路は関谷陸橋っていうんだ。むかしは長いこと工事が止まっていた道路なんだけど、四つの陸橋のかたちがいかにもインターチェンジっぽいからそんな名前がついたんだよ。さぁ、行くよ」

亜澄は「関谷インター」高架下の道を歩き始めた。

高架下を出て直進すると、すぐにあたりはのどかな雰囲気に変わった。

クルマがやっと通れるくらいの道の両脇には、農家らしき家も何軒か見られ、畑地も増えてきた。ビニールハウスも散見され、農村風景がひろがっている。

「鎌倉らしくない風景だよな」

なんとなくそんな言葉が元哉の口から出た。

「そうね、関谷は鎌倉市の西側の外れで、北と西は横浜市に接しているし、南側は藤沢市なんだ。もっと畑ばかりの場所もあるよ。ね、『鎌倉野菜』って知ってる？」

明るい声で亜澄は訊いた。

「聞いたことがあるぞ。ブランド野菜とか言って人気があるんだよな」

いつぞや入った藤沢のレストランで『鎌倉野菜』のグリルを食べたことがある。そのときにスタッフの女性から人気があることを教わった。

「だいたいの『鎌倉野菜』は関谷の近くで作られているんだよ」

「へぇ、鎌倉の農村地帯ってわけだ」

「まぁ、そういうことだね。ところで、あのあたりじゃないかな？」

亜澄は右手の畑地のなかに建つ家を指さした。

元哉たちは、野中の電話帳に登録されていたガラス作家の一人、水谷勝也《みずたにかつや》という男性のところに話を聞きにきたのだ。午前九時過ぎという約束になっていた。

古い農家らしき建物と、比較的新しい波板トタン屋根と壁を持つ母屋の半分くらいの大きさの倉庫のような建物が建っている。

倉庫の屋根からは煙突が出ているので、ガラス工房で間違いないだろう。

近づいてみると《水谷ガラス工房》の看板が出ていた。

「間違いないようだな」

元哉がうなずくと、亜澄はちらっと母屋を眺めて、工房へと足を向けた。

すると、待っていたかのように、入口のドアが開いて小柄な男が現れた。

チョコレート色のスエット上下の男がサンダル履きで歩み寄ってきた。

「おはようございます。水谷です。ご連絡頂いた県警の方ですね？」

水谷は三〇代半ばくらいだろうか。丸顔で少し垂れた目とあぐら鼻がいかにも好人物の印象を与える。

「はい、鎌倉署の小笠原と申します」

亜澄は元気よく名乗った。

「県警刑事部の吉川です」

元哉はかるくあごを引いた。

「汚いところですけど、まぁ、どうぞ」

水谷は元哉たちを工房のなかに案内した。

建物内はほとんどが土間になっていた。

パッと見ると土間は仕事場となっていた。

元哉たちが通されたのは六畳ほどのフローリングの部屋だった。

おそらくは休憩するスペースなのだろう。部屋の中央をダイニングテーブルが占めていて、四脚の椅子が置いてあった。

入口と同じ側にはレースのカーテンが下がった腰高窓があった。

壁際には焦げ茶色の食器棚が置かれていて、グラスやコップ、丸皿、平皿、ボウルなどのガラス食器が並んでいた。

飾るというのではなく、食器として実用のために収納してある感じだった。

「まぁ、どうぞお掛けください」

二人は勧められるままに、テーブルの椅子に並んで腰を掛けた。

「すみません、一人なもんでお茶もお出しできませんもので……」

ミニ冷蔵庫からミネラルウォーターのペットボトルを取り出してテーブルに置いた。

「どうぞお気遣いなく」

亜澄はかるく会釈した。

「野中さんは気の毒なことでした」

向かい側の椅子に水谷は腰を掛けた。

「はい、わたしたちは野中さんの事件の捜査に携わっています」

亜澄は静かな声で言った。

「昨日、鎌倉警察署から電話があったときにはびっくりしましたよ。『なぜ僕に電話するんですか』って訊いたら『ある事件の被害者のスマホの電話帳に載っている人に全員電話しています』ってのが答えでした。野中さんを知っていると答えたら、いろんなことを訊かれてちょっと怖かったです」

水谷は顔をしかめた。

いきなり警察から電話が掛かってきてあれこれ訊かれれば、誰でも不安になるだろう。

「お騒がせしました。なにせ、ご遺体が発見されたときには、運転免許証などを身につけていなかったのです。なので、どなたなのかもわからずにおりました。わたしたちにとって、今回はスマホだけが頼みの綱だったのです。おかげで野中さんの名前もわかりましたし、こうして水谷さんにもお目に掛かれたというわけです」

亜澄はにこやかに言った。

「あの……野中さんは殺されたんですか」

眉間にしわを寄せて、水谷は訊いた。

「傷害致死の疑いは捨てきれませんが……」

亜澄は言葉を濁した。

すでに今朝のニュースでは、一昨夜、野中重之が源氏山公園で不自然死を遂げたことは報道されていた。警察は事件性があるとみて、捜査本部を立ち上げ、殺人も視野に入れて捜査に乗り出したとも報じられていた。

「野中さんは殺されるような人じゃなかったんですよ」

激しい声で水谷は言った。

「水谷さんは野中さんとはどのようなおつきあいだったのでしょうか」

やわらかい声で亜澄は問うた。

「僕は秋田の美術大学を出てこっちへ出てきたんです。なにせ鎌倉とか東京の暮らしには慣れてないもんでウロウロすることばかりでした。最初の二、三年は野中さんには本当にお世話になったのです」

いくらか落ち着いた声で言うと、水谷はわずかの間、瞑目した。

それは野中に対する感謝の気持ちを表すような仕草だった。

「どんな風にお世話になったのですか」

畳みかけるように亜澄は訊いた。

「いや……なにからなにまでです。僕にはこっちの生活も工芸家としての働き方もわからないことだらけでしたから。そんなときに、野中さんは誰より親切に教えてくれました」

しんみりとした声で、水谷は言った。

「たとえばどんなことですか」

亜澄は問いを繰り返した。

「いや、それは……。事件とは関係ないと思いますよ。なにせもう一〇年以上も前の話ですから」

ちょっと尖った声で水谷は答えた。

「最近は野中さんとは会っていなかったのですか」

変わらぬおだやかな声で亜澄は訊いた。

「はい、野中さんは一〇年ほど前に、北海道の小樽に移りました。あちらでガラス工房を立ち上げたのです。野中さんが北海道に行ってからは会っていません」

水谷はきっぱりと言い切った。

「一年ほど前に野中さんは鎌倉に戻ったわけですが、その後は会っていませんか？」

亜澄は念を押すように訊いた。

「野中さんが鎌倉に帰ってきたことは噂に聞いていました。個展を銀座で開いたことも知っています。でも、僕もいろいろと忙しかったので、会いに行ってはいません」

今度も水谷ははっきりとした発声で答えた。

「なるほど……最近はまったくおつきあいがなかったわけですね」

亜澄は水谷の目を見て訊いた。

「こんなことになるならもっと会っておけばよかった。野中さんは釧路市、僕は秋田市……北国の生まれですから、雪や氷に関する共通の話題も多かったです。共通の郷土料理なんかはないですけど、お互いの地元の特産品を自慢したりしてね。こっちがハタハタを持ち出すと向こうはサンマを言ってくる、という感じでしょうか」

なつかしげに水谷は言った。

「水谷さんは秋田生まれなんですか」

なにげない調子で亜澄は訊いた。

「はい、秋田市の生まれ育ちです。田舎もんなんですよ」

頬を少し赤らめて水谷は答えた。

ちなみに水谷が話す言葉に、あまり訛りらしいものは感じなかった。

「秋田市なら都会じゃないですか」

まじめな顔で亜澄は言った。

元哉は秋田県には行ったことがないが、秋田駅前はたいそう栄えているような映像を見たことがある。

「いや、そんなことはないです。たしかに秋田市は『住みたい田舎ベストランキング』の若者世代ランキングで一位になっているそうですが、それは秋田に住んだことがない人が言っていることです。雪が多いところなんか別にしても、文化的には盛岡市に依存している部分が大きいんです。ただ、僕自身は日本中で秋田がいちばん好きです。いつかはもっとメジャーなガラス作家になって、秋田に戻りたい気持ちはあります」

水谷の表情には一種の明るい気負いのようなものが感じられた。

郷土秋田への強い誇りと愛に満ちている。

「美術を学んだのは秋田の大学と言っていましたね」

亜澄はにこやかに問いを重ねた。

「秋田公立美術大学です。ものづくりデザイン専攻のなかでガラス工芸のコースがあるんです。そのためばかりではないでしょうが、秋田にはガラス工房もいくつかあってガラス作家も少なくはないんですよ」

水谷は背筋を伸ばした。

「水谷さんは、どうしてガラス工芸の道を選んだのですか」

質問を変えて亜澄はやわらかい声で訊いた。

見る見る水谷の顔が引き締まった。

「ガラス工芸が好きだからです」

眼を輝かせて水谷は言った。

「もう少し具体的に教えて頂けませんか」

口もとに笑みを浮かべて亜澄は訊いた。

「そうですね。答えになっていませんね。ちょっと説明がくどくなっちゃいますけど、伝統的なガラスはケイ酸塩という化学物質を主成分とするものです。原料の珪石という鉱物は陶芸のほかセメントなどにも使われます。二〇〇〇年代に入っても西伊豆では産出していて、かつては国内需要の九割を伊豆の珪石でまかなっていました」

しっかりと亜澄の目を見て水谷は説明を始めた。

「なるほど珪石ですか」

亜澄はかるく相づちを打った。

「さて、ガラス工芸の技法は一般的には大きくふたつに分かれます。ひとつは珪石を粉末レベルから溶かした熱いガラスを成形してゆくホットワークです。もうひとつは一度焼いて冷めて硬くなったガラスを扱うコールドワークです。僕は圧倒的にホットワークを愛しています」

毅然とした調子で水谷は言った。

「ええと、ホットワークというのは、燃えるように真っ赤になったガラスを扱うヤツですか」

あいまいな顔で亜澄は訊いた。

「その通りです。ガラスが軟化し始めるのが七三〇度くらい、完全に溶融させる温度となると一二〇〇度から一四〇〇度くらいです。かたちを作り上げるときには絶対に手で触《さわ》れないものなんです。そんな溶解したガラスをさまざまな道具を用いて成形してゆく技法です。ホットワークには、溶かしたガラスを金型、木型や石膏型などに流して固めるホットキャスト、バーナーで成形していくバーナーワークなどもあります。ふつうはホットワークとは別にするのですが、電気炉を使って完璧な温度管理で焼くキルンワークという技法もあります。ほかにも細かい技法はあります。ですが、なんといってもホットワークの醍醐味は吹きガラスでこそ味わえます」

うっとりとした顔で水谷は答えた。

「吹きガラスってあの真っ赤なガラスに息を吹き込んで作るものですか」

亜澄の問いに水谷はしっかりとうなずいた。

「そうです。ガラス成形技法の一つです。溶けたガラスを吹き竿という金属管の端に巻き取って、反対側から息を吹き込むことで形を作ります。古代ローマ時代からほとんど製法が変わっていません。日本では江戸時代から続いていて世界的にも高い技術を誇っています。とくに佐賀県の『肥前びーどろ』と、沖縄県の『琉球ガラス』が有名です。吹きガラスのなかにも空中で吹く宙吹《ちゅうぶ》きと、型に吹き込んで成形する型吹きがあります。もちろん平皿などは吹きガラスでは作れませんからすべてではありませんが、僕の作品は八割以上が宙吹きの手法で作っています。手では触れない真っ赤なガラスを、自由に成形してゆく快感は一度味わうと忘れられません。陶芸は焼いているときは手で触れられませんが、ろくろにあるときなどは思うままに造形できます。窯で焼くと焼き縮みはしますが、吹きガラスほど瞬間に賭ける仕事ではありません。その一瞬の緊張感がたまらないのです。当然ながら手作りガラスはひとつひとつ微妙にかたちが異なります。だから、自分の設計通りに次々にほとんど同じかたちを作ってゆくことにも高い技術を要するので、それはそれで充足感が得られる仕事なのです」

水谷は熱に浮かされたように話し続けた。

「あ、そうだ……」

水谷は立ち上がって食器棚からふたつのグラスを取り出して、テーブルの上に置いた。続けて、元哉たちが封を切っていなかったペットボトルを開けて、ミネラルウォーターを次々に注いだ。

氷は入っていないが、丸っこく少し背が低く、ロックグラスにふさわしいかたちだった。

「素敵！」

「ほう」

亜澄も元哉もグラスに見入って感嘆の声を上げた。

やわらかく自然な線で形作られているグラスは、明るい反射がとても好もしかった。

気取らず自然に溶け込みそうな作風は、まさに目の前にいる水谷のキャラクターそのものだ。

ふたつのグラスは微妙にかたちの違いがあったが、かえって手作りならではのよさを感じさせた。

「これはまだ、模索中の作風なのですが……口をつけてみてください」

水谷の誘いに従って、元哉も亜澄もグラスに口をつけた。

口もとに当たるグラスの縁の感触は大変にやわらかかった。まるでガラスでないような……。

冷たさを持たない角を丸めた氷のようでもあった。

それにしてもなんという透明感だろうか。

元哉は透明なガラスにも透明感の違いがあることを初めて知った。

「素晴らしい透明感ですね」

素直な賛辞を元哉は送った。

「もちろん着色剤となる金属などは入れていません。が、そうだからと言って、なかなか透明感を出すのも難しいんです」

嬉しそうに水谷は答えた。

「ところで、野中さんも吹きガラスの技法中心で制作をしていたんでしょうか」

いきなり亜澄は話題を野中に移した。

「もちろん野中さんは吹きガラスも上手でした。ですが、彼はキルンワークやパート・ド・ヴェールという技法などをいくつかの技法と組み合わせることを得意としていました」

さっと水谷は即答した。

「パート・ド・ヴェールは、どんな技法なんですか」

純粋な興味から亜澄は質問しているようだ。

「フランス語でガラスの練り粉という意味で、色ガラスの粉末を糊で練って型に入れて、炉のなかで溶かす技法です。アール・ヌーヴォーの時代には流行しました」

さらっと水谷は話すが、元哉には具体的なイメージができなかった。

「あ、もしかして、エミール・ガレですか」

亜澄は弾んだ声を出した。

「そうですね、ガレと彼の工房が生んだ怪しげな魅力を持つ作品の多くにはパート・ド・ヴェールの技法が使われています。また、ガレのライバルのアルジー＝ルソーも、この技法をさらに発展させた独自の技法を使っています」

さらっと水谷は話すが、元哉にはガレもルソーもよくわからなかった。

哲学者のジャン＝ジャック・ルソーなら、大学の教養課程の政治思想史で出てきた。もっとも、彼が『むすんでひらいて』の作曲者であること以外はなにひとつ覚えていないが。

「なるほど……わたし、ガラス制作についてすごく興味が出てきました」

身を乗り出すようにして亜澄は言った。

「そりゃあよかった。僕はやっていませんけど、アマチュア向けのガラス工芸教室はたくさんあります。トンボ玉作り体験なんてやってるところも多いんじゃないかな」

水谷は口もとに笑みを浮かべた。

「信州に行ったときに、体験したことがあります」

いくらかはしゃいだ声で亜澄は言った。

「トンボ玉は立派なバーナーワークのひとつですよ。手軽だし、あんなのから試すのも楽しいですよ」

にこやかに水谷は言った。

「あれもバーナーワークの一種なんですね。実用的な器なんかが作れたらいいでしょうね」

そもそも亜澄は造形に関心が強いのだろう。

亜澄の父親はコスプレ衣装の制作者としてはその界隈では名の知られた人間だ。亜澄が造形にすぐれた血を引いていても不思議ではない。過去の事件の関係者だった鰐淵《わにぶち》一《いち》遥《よう》画伯によって、亜澄の色彩感覚は折り紙付きでもある。

ガラス工芸に興味を持つのはいい。

しかし、話が逸れすぎてしまった。

「とても楽しいお話をありがとうございました。最後にご不快なことを伺わなければなりません」

話の逸脱に気づいているらしく、亜澄は質問を本筋に戻した。

事情聴取される人間にはもちろん、刑事にとっても嫌な質問だろう。

「なんでしょうか」

けげんな顔で水谷は訊いた。

「一昨日の夜、九時から一一時頃、とくに一〇時前後は、どこにいましたか？」

亜澄は水谷の目を見てゆっくりと訊いた。

「アリバイですか……。僕を疑うなんてどうかしてますよ」

水谷は目を怒らせた。

「すみません。関係者の方には全員に伺っているんです」

亜澄はかるく頭を下げて言い訳した。

「刑事さんも大変な仕事ですね……一昨日というと月曜日ですね。幸いにもアリバイがあります。友人のガラス作家の個展の手伝いで夜遅くまで銀座にいました」

亜澄の目を見据えて、水谷はきっぱりと言った。

「ご友人の個展ですか」

亜澄は言葉をなぞった。

「小田守雄《おだもりお》といって、昨年の伝統工芸展に入選した男です。僕と同じガラス作家です。明日から銀座の《桃の木》という画廊で個展を開催するんで、その会場展示の準備で九時頃まで手伝ってたんですよ。その後、《ライオン銀座七丁目店》で閉店まで飲んでから、みゆき通りの《トモロウ》というショットバーで終電近くまで飲んでいました。鎌倉に帰ってきたのは一時過ぎです。小田は船橋市に住んでいるのですけど、これが電話番号です。メモしてください。いざとなれば《トモロウ》のマスターも証言してくれると思いますよ」

よどみのない調子で言って、水谷はスマホを操作して亜澄に見せた。

「大変失礼しました」

亜澄は頭を下げて詫びた。

裏をとる必要はあるかもしれないが、元哉には水谷がウソをついているとは思えなかった。

とすれば、完璧なアリバイが存在することになる。

「ちょっとだけ、工房を覗いてもよろしいでしょうか」

亜澄は隣にひろがる工房へと視線を移して訊いた。

水谷をなだめようというつもりではなく、亜澄は純粋に興味があるようだった。

「かまいませんよ。そこに並んでいるサンダルを履いてください」

水谷は嫌な顔をせずに、ゆったりとうなずいた。

「長居したらご迷惑だ。手短にな」

元哉は亜澄の耳もとでささやいた。

黙ってうなずくと、亜澄は立ち上がってコンクリートの土間に下りた。

元哉もサンダルを履いて後に続いた。

最後にゆったりとした歩みで、水谷が下りてきた。

工房は清々しいほどにきれいに掃除されていた。

無数の道具はきちんとおさまっていたし、床にもゴミひとつ落ちていない。

「わぁ、クリエイターの前線基地って感じです」

亜澄は工房内を見まわして歓声を上げた。

奥のほうには業務用冷蔵庫くらいの大きさの銀色の炉が置かれている。

少し離れた左隣には半分くらいの大きさの少し白っぽい銀色の炉が並んでいた。

「これが炉なんですね」

大きい炉の前に立って亜澄は水谷を振り返った。

「そちらの大きいほうが溶解炉です。うちではプロパンガスを使っています。隣は電気炉でキルンワークなどに使います。火が入っていないので雰囲気が出ませんね」

水谷はかすかに笑った。

「見たことのない道具ばかりです。それにしてもこんなにたくさん」

亜澄は感嘆の声を上げた。

あたりにはたくさんの金属製のバケツや道具類が並んでいた。

壁には、大きなピンセットやゴミばさみに似た道具が金属製ネットに掛けられている。

かたわらには、金属の棒など細長い道具がいくつも見えた。

「ピンセットのようなものはピンサーと言ってガラスをつまんだり、引っ張ったりするときに使います。ゴミばさみに似ているのは、ジャックと言ってガラスのかたちを整えるための道具です。園芸ばさみみたいなのがカップシェア、変なかたちのはさみはダイヤモンドシェアです。ともにガラスを切るために使います。一三〇センチくらいの竿が、さっき言った吹き竿です。ほかにもパストレリ、パファーや各種のコテなどがありますが、実際に使っているところを見ないと役割を伝えにくいですね」

苦笑するように、水谷は口もとをちょっと歪めた。

ベニヤ板くらいのステンレスの台はガラスを成形するときに使うのだろう。現在は、制作中の作品などは置いておらず、銀色に光る天板が窓から差し込む陽光に輝いていた。

壁際の棚には、各種の着色剤などが入ったクリーム色の樹脂ボトルが何十本も並んでいた。

この前、英美里から聞いた難しい化学物質のことを元哉は思い出した。

「僕はいま三五歳ですが、この工房を開いて七年になります。ちいさな闘いの毎日でした。手を痛めたことも火傷をしたこともあります。大きな喜びを得るための忍耐の時間だったと言ってもいいかもしれません」

溶解炉に視線を置いて、水谷は淡々と語った。

亜澄は水谷の顔をじっと見ている。

この言葉には、元哉も感銘を受けた。

仕事とは、そうしたものかもしれない。

真実が明らかにできるその日に向けて、元哉たちも闘いの連続の日々をすごさなければならないのだ。

「貴重なお時間をありがとうございました」

亜澄は明るい声で頭を下げた。

「大変に参考になりました」

元哉も丁寧にお辞儀した。じっさいにガラス工芸のことが少しはわかった気がする。

鷹揚《おうよう》にあごを引いた水谷は戸口まで送ってくれた。

二人は、水谷の工房を後にしてバス停に向かった。


陽ざしは強いが、近くの丘から吹き下ろす風が涼しい。

「どう思った？」

歩きながら亜澄が訊いてきた。

「仕事に対してすごく情熱を持った工芸家だな。作品のロックグラスも素晴らしかった」

元哉は素直な感想を述べた。

「そうだよね。あたし、いろいろと感激しちゃった」

亜澄はいくらか興奮気味の声を出した。

このあたりが亜澄のいいところだ。

「ただ、水谷さんはなにか大きなことを隠している」

ずっと気になっていたことを元哉は口にした。

「なにを？　アリバイだって完璧じゃん」

亜澄は立ち止まった。

「裏はとる必要があるだろうが、あの言葉にウソはない。だから、水谷さんが実行犯ということは、まずあり得ないだろう。だけど、彼はなにかを話さなかったように思う。積極的なウソではなくとも……」

元哉の実感だった。

「あれのこと？　野中さんとの関係についてぼやかそうとしてたよね」

亜澄は何回か小さくうなずいた。

「うん、そのあたりになにかぼんやりとした黒いモヤモヤを感じるんだ」

言葉にすることは難しいが、たしかに違和感を覚えた。

「吉川くんが言うとおりだと思う。もう少し水谷さんのことは見ていきたいね」

納得したような声で亜澄は言った。

「その必要があるだろう」

元哉は静かに答えた。

「さて、午後もガラス作家まわりね」

亜澄は明るい声で言った。

被害者の野中は、かつて大物ガラス作家の薬師寺国昭の弟子だったという。

捜査本部からは、薬師寺本人と、野中の兄弟弟子に当たるガラス作家たちへの聞き込みを命ぜられている。

薬師寺は源氏山公園の麓の佐助に住んでいるが、今朝、電話したところ体調が悪いのでしばらくしてからまた電話してくれと家の者に断られた。七五歳と高齢であるために無理押しはできなかった。

そこで、午後一番には薬師寺の弟子の一人、久米《くめ》嘉男《よしお》というガラス作家を訪ねることになっていた。久米は市内の常盤《ときわ》という場所に住んでいた。

「さ、大船から鎌倉に戻って、またバスだね。かなり時間がかかるから、途中でなんか美味しいものでも食べてこう」

はしゃぎ声で亜澄は言った。

昨日とは違って、いつも通りの亜澄だ。

亜澄は沙也香と会うとおかしなことになる。強力なネオジム磁石のN極同士を近づけたような雰囲気だ。どこへ飛んでいくかわからない。

バスが来た。亜澄は弾むような足取りでステップを上がっていった。

2

周囲からはアブラゼミとミンミンゼミの声がかまびすしく響いてくる。

モダンデザインのリビングルームは明るいインテリアで統一されていた。

元哉はあまり詳しいことはわからないが、北欧風のデザインを採り入れているようだ。

部屋の奥の白木のキャビネットには、五、六〇センチはありそうな大きな赤いガラスの花器が飾られていた。表面は黒、白、金でアラベスクのような模様が描かれていて、ひときわ華やかで遠くからも目立つガラス作品だった。

白木の壁の高いところに取りつけられたBOSEのスピーカーからは、かすかな音でポップなピアノソロが流れている。

元哉と亜澄は薄いオレンジ色のファブリックのソファに腰を掛けていた。

住居の隣に工房があって、《ミラージュ・ガラス・スタジオ》という看板も出ていた。

目の前に座る久米嘉男は、四〇歳を少し出たところくらいだろうか。

日焼けしているのか浅黒い顔は四角く、鼻が高くて彫りの深い容貌だった。

体格もがっしりしており、スポーツマン風の容姿と言える。

茶色く染めた長めの髪で、サーフィンかヨットでもやっていそうなイメージだった。

「久米です……野中さんの件には驚きました」

動揺を隠さずに久米は大きめの声で言った。

「お忙しいところ恐縮です。鎌倉署の小笠原と申します」

亜澄は名刺を差し出して名乗った。

「県警刑事部の吉川です」

元哉も名刺を差し出した。

「いやぁ、刑事さんって初めて見ますよ」

久米は元哉たちの顔を交互に見て言った。

「いらっしゃいませ」

三〇代半ばくらいのひっつめ髪の小ぎれいな女性が入ってきて、アイスコーヒーをカフェテーブルに置くと、一礼して去った。久米の夫人なのであろうか。

「ところで、久米さんは野中さんとはどういうおつきあいなんですか」

さっそく亜澄は切り出した。

「《佐助ヶ谷工房》の先輩です……いや、先輩だったと言えばいいかな」

あいまいな顔つきで久米は答えた。

「伺ったところによりますと久米さんも野中さんも薬師寺国昭先生のお弟子さんだと

か」

うなずきながら亜澄は問いを重ねた。

「日本でいちばん有名なガラス作家は文化勲章受章者であった故藤田喬平《ふじたきょうへい》先生だと思います。ですが、このままいけば、薬師寺先生がガラス作家として二番目の文化勲章受章者になられるのではないかとわたしたちは思っています」

重々しい口調で久米は言った。

「そんなにえらい先生なのですか」

亜澄は目を大きく見開いた。

無言で、久米ははっきりあごを引いた。

「薬師寺先生は、武蔵野美術大学工芸学科のご出身で数々の公募展でいくつもの賞をお取りになったガラス工芸界、いや日本の工芸界の重鎮です。とくに全美展では多くの活躍をなさって、現在は全美展会友となっています。また、全国ガラス工芸協会の理事をお務めになっています。後進の指導には大変に熱心な方で、最盛期には四人の弟子が住み込んでいたこともあります。野中さんとわたしはそのうちの二人です。わたしたちは薬師寺先生の薫陶を受けて一人前になったのです。誰もが先生に深い感謝を抱いています」

久米はかすかに声を震わせた。

薬師寺というガラス作家はかなりの大物のようだ。

「薬師寺先生はすぐれたお師匠さまだったのですね」

亜澄の言葉に、久米は深くうなずいた。

「はい、作品が卓越していることは言うまでもありませんが、お人柄はさらに素晴らしいのです。わたしがガラス作家として現在あるのは、ひとえに薬師寺先生のおかげです」

一瞬、久米は瞑目して頭を下げた。

恩師に対する感謝の気持ちを表したように見えた。

「門下の者なら、誰でも知っている話ですが、野中さんは一〇年前に薬師寺先生のもとを離れたのです。事情は知りません。佐助ヶ谷工房を出て北海道の小樽市へ移って独立したのです。先生とはうまくいっていなかったようです。なにせ、鎌倉に帰ってきてから一昨日に亡くなるまでの間、ただの一度も顔を出していないらしいですから」

淋しげな顔で久米は言った。

「つまり、野中さんは薬師寺門下を破門されたというわけですか」

亜澄の問いに、久米は顔の前で手を振って答えた。

「いや、わたしは詳しく知らないのです。ですが、破門ということではないようです。けれども、先生は野中さんが北海道に行ってから、彼のことをひと言も話しません。わたしは始終そばにいるわけではないですから、はっきりはわかりませんけど」

あいまいな顔で久米は言葉を切った。

「門下の方は何人くらいいらっしゃるのですか？」

亜澄はさらりと尋ねた。

「先生はご高齢ですので、ここ五年はガラス作品の制作はほとんどなさっていません。お仕事を手伝う者もいません。ですが、一〇年くらい前までは佐助ヶ谷工房では、先生の個人作品のほかに『窯もの』というか、『工房もの』を作っていたのです。それだけに多くの人手が必要でした」

久米はしっかりと説明した。

「あの……『窯もの』ってどういうものでしょうか」

亜澄は興味深げに訊いた。

よくわからないことは元哉も同じだった。

「これは陶芸作家に多く見られます。高名な作家がすべての工程を一人で作り上げる『作家もの』と、先生の指導のもとで弟子たちが作る『窯もの』という作品があるのです。当然ながら、『窯もの』は先生作に比べると、ぐんと安くなります。佐助ヶ谷工房では箱書きなどに『薬師寺国昭作』と記されるものと『薬師寺国昭監修・佐助ヶ谷工房』と記されるものに分かれます。こうした『窯もの』を自分の名を冠して作る工房はガラス作家ではほんの一部だと思います。ちなみに、かのエミール・ガレの作品はほとんどが『窯もの』になります」

嚙んで含めるように久米が説明してくれたので、元哉にも理解できた。

「なるほど、わたしの家には『作家もの』のガラス作品はないでしょうね」

亜澄は毒のない相づちを打った。

「作品作りの方向性も違います。『作家もの』は先生自身の心のなかにある『思い』を表現してゆくものなのです。従ってコストバリューなどを無視したこだわりある作品が生まれてゆきます。これに対して、『窯もの』は、先生の作風を受け継ぎながらも質のそろった品の高いガラス製品を目指します。コストバリューも考えなければなりません し、機能性は無視できません。もっとも、個人でやっている知名度のない我々は『窯もの』などは作れないのですが、売れないと飯を食ってはいけないのでコストバリューも無視できません」

久米はわざとらしく八の字に眉を寄せた。

「ガラス作家の知名度を上げるためには、どうすればいいんですか」

亜澄の問いに、久米は難しい顔になった。

「工芸作家全般に言えることですが、やはり権威ある展覧会に入選すること、さらに賞を取ることでしょう。全美展、伝統工芸展、全国ガラス工芸協会展などの有名で権威ある展覧会で賞を取ることが一番の近道です。マスメディアが取り上げることもあるでしよう。また、作歴書でも受賞歴が光ってきます。わたしが知っているあるガラス作家は、こうした展覧会で佳作を取っただけでデパートなどでの取り扱い価格が二倍になったことがあります」

悔しげに久米は言った。

「そうなんですか……賞を取るというのは大変なことなのですね」

亜澄は同情するような口ぶりで言った。

警察官にも賞はある。しかし、賞を取らなければ出世できないという性質のものではない。

「はい、賞には多くの工芸作家が挑戦しますので、なかなか取ることはできません。わたしを含めて、まわりの人間は大きい賞には何年かに一回入選するのが精いっぱいです」

久米は情けない顔つきを見せた。

「賞を取って知名度を上げていかなければ、収入も上がっていかないってことですよね」

複雑な顔で亜澄は言った。

「ええ、そもそも我々の収入は厳しいものです。第一級の先生は別として、一個の作品はそれほどの値段がつくわけじゃない。個展で最高値をつけるのが茶道具や花器なのですが、数十万円ほどです。が、まずは売れない。売れていくのはせいぜいが数千円から一万円台のものです。だから、どうしてもある程度の個数を作らなきゃいけない。思い通りの作品を作るのは時間的にも難しくなってくる。ところで、小笠原さん、もしすごくお気に入りのワイングラスが考えているよりもずっと高くて、清水の舞台から飛び降りたつもりで買ったとします。おうちに持ち帰ったらどのように扱いますか？」

久米は亜澄の目を見て訊いた。

「割らないように気をつけて、大切に使います。壊してしまったら、自分はもちろん、作者も作品もつらいだろうから」

亜澄はひどくまじめな顔で言った。

「それは大変にありがたいことです」

久米は顔の前で合掌してかるく頭を下げた。

「自分の作品が壊れたことを知ったら、どんなガラス作家だって悲しみます。苦しい思いをします。自分の作品はいついつまでも購入者の方に愛してほしいと願っています。だからといって食器棚にずっとしまっておかれては作者も作品もかわいそうです。食器などの実用器は使ってこそ意味があるのです。食器棚の飾りにしておくのは、あまりにかわいそうなことなのです」

しんみりとした口調で久米は言った。

「そう思います。ワイングラスは飲むためにワインを入れてこそ意味があると思います」

言葉に力を込めて亜澄は言い切った。

「一方で、多くの人はワイングラスを何度も買ったりしませんよね。それが高価なものなら、なおのことです」

久米は亜澄の目を覗き込むようにして続けた。

「はい、わたしの場合なら一緒に飲む相手もいないから、ひとつあればじゅうぶんです。お気に入りのグラスにワインを注いで、好きな音楽でも聴きながら優雅な夜をすごします。百均のグラスの何十倍、何百倍の素敵な時間となるはずです」

亜澄は楽しそうな声を出した。

だが、別にこんなところで「ぼっち」であることを告白しなくてもよいだろうに……

元哉は笑いを押し殺した。

「それでいいのです。それこそ作者の望むところです。でも、ということは、何度もリピートしてくれるお客さんは少ないってことです」

冴えない声で久米は言った。

「そうか……一個しか買わないということは一個しか売れないということ……」

初めて気づいたかのように亜澄はかすれた声で言った。

たしかに指摘されないと考えないことかもしれない。

「はい、だから、我々はたくさんのお客さんにファンになってもらって、作品を購入してもらうしか生きていく道はないのです」

久米はまた冴えない声を出した。

元哉は納得した。耐久消費財であり芸術作品にもなるガラス作品の持つ宿命だ。いや、ガラスばかりではない。絵画だって彫刻だって同じことだ。絵画を何度も何度も買う人は、よほどの大金持ちで広大な邸宅に住んでいて何枚も飾る場所がある人か、絵画で投資をしようとする人間だろう。

「こんなこと言ったら罰が当たりますけど、たとえば美容院とか飲食店さんとかは何度もリピートしてくれるお客さんがいていいな、と思うことさえありますよ」

久米は力なく笑った。

「話を変えますね。野中さんがいらした頃の薬師寺国昭先生のお弟子さんを教えて頂きたいのです」

亜澄は話を本題に戻す問いを発した。

「すみません。質問に答えていなかったですね。まずは野中さん、少し後輩の糟屋《かすや》則孝《のりたか》さん。この二人がいたので、先生は二〇年前くらいに『窯もの』を始めたのです。先生にしてみれば、二人に修業の場を与えるという気持ちもあったのでしょう。弟子は他にも何人かいましたが、関係は希薄でした。なので、野中さんから数えても差し支えないと思います。野中さんに糟屋さん。糟屋さんは北鎌倉の長寿寺《ちょうじゅじ》の近くで工房を開いています。それからわたしという順番ですね」

久米はちょっとだけ目をそらした。

糟屋の名はすでに捜査本部から伝えられていたが、久米はなにかを隠している。

「野中さんの前後では、そのお三方ですか」

亜澄も気づいたのだろう。はっきりした口調で念を押した。

わずかの間、久米は黙っていた。

元哉は次の久米の言葉を待った。

「いや……実はもう一人います」

あきらめたように久米は答えた。

「どなたですか」

間髪を容れずに亜澄は訊いた。

「野中さんが去ってすぐ門下を去りましたが、水谷勝也という男がいました」

つぶやくように久米は答えた。

「ええっ」

亜澄は思わず大きな声を上げた。

元哉と亜澄は顔を見合わせた。

そうか、これがモヤモヤの正体だったのか。

「水谷さんには、今日の午前中に会ってきたのです。関谷の工房を訪ねました」

興奮気味の声で亜澄は言った。

「なぜ、水谷の名をご存じなのですか」

不思議そうに久米は訊いた。

「野中さんのスマホの電話帳に載っていた方だからです」

亜澄は即答した。

「そうか……水谷と野中さんはまだつきあいが続いていたのか」

独り言のように久米は言った。

「いいえ、北海道に去ってからはつきあいがないと言っていました」

たしかに、水谷はそう言っていた。

「つきあいがない……」

ぼんやりとした声で久米は言葉をなぞった。

「でも、水谷さんは野中さんに世話になっていたとは言っていましたが、薬師寺国昭先生の名はひと言も口にしませんでした」

亜澄はまるで抗議するかのように強い口調で言った。

「言ってはならないと思っているのでしょう」

久米は眉をひそめた。

「どうして、言ってはならないのですか」

首を傾げて亜澄は訊いた。

「水谷は一〇年前の春、薬師寺先生に破門されたのです」

言葉をはっきりと発声して久米は大事なことを告げた。

「そうなんですか」

亜澄は言葉を失った。

「わたしは事情を聞いていません。ですが、一〇年前のすっきりと晴れた日。先生は糟屋さんとわたしにこう言ったのです。『今日から水谷勝也はわたしの弟子ではない。あの男は君たちの仲間ではなくなった。つきあわないように』と……」

暗い声で久米は言った。

「そのお言葉からすると、大変に厳しい先生の態度と見えますね。いったいなにがあったのでしょうか」

久米の目を見つめて亜澄は訊いた。

「さぁ、わたしには思いあたることはないのです。もともと水谷はまじめな男で、野中さんをはじめ先輩たちにはとても腰が低く、工房の仕事には大変に熱心でした。それがいきなり破門になるなんて、わたしには信じられませんでした」

目を瞬かせながら、久米は答えた。

「なにかよほどの理由があったんでしょうね。真実を知りたいものですね」

亜澄の言葉に、久米は首を横に振った。

「もはやそんなことを知る必要もないでしょう」

「なぜですか」

不思議そうに亜澄は訊いた。

「水谷は成功しました。ほかの工房で仮に勤めている二年ほどの間に大きな賞をいくつか受賞したのです。知名度は急上昇して人気も上がりました。家庭用ばかりでなく、高級料理店の経営者やシェフなどにも彼の作品のファンは増えました」

おだやかな声で久米は言った。

「たしかに素敵なグラスをお作りになっていますね」

明るい声で亜澄は相づちを打った。

元哉は透明感とやわらかい口当たりを思い出した。

「ああ、水谷の作品をご覧になったのですね。いまさら佐助ヶ谷工房に戻っても意味はないし、薬師寺先生と和解する必要もないでしょう。そもそも先生は破門後、水谷は存在しないという態度をとっておられました。高潔な先生は水谷がどんなに成功しても、世間に対して悪口などを言う方ではありません。そう、わたしたちも水谷の存在は忘れたままにしておけばよいのです。秋田人らしくまじめな水谷が、わたしたちや佐助ヶ谷工房に対してマイナスになるような行動をとることがあるとは思えません。水谷はわたしよりもガラス工芸家として成功しているんですよ」

いささか悔しそうに久米は言った。

「水谷さんは秋田市の出身、野中さんは釧路市の出身と伺いましたが、ガラス作家には北国の方が多いのですか」

亜澄は質問を変えた。

「いや、そんなことはありませんよ。名古屋や京都、大阪、九州、沖縄出身のガラス作家のほうが多いと思います。北国人が佐助ヶ谷工房に集まったのは偶然です。糟屋さんは埼玉県の川越市の出身ですしね。薬師寺先生が東京のご出身なので、あまり西日本の弟子が入ってこなかったのかもしれませんね。わたし自身は富山県の出身ですしね」

気楽な調子で久米は答えた。

「久米さんは富山のご出身ですか」

「富山県もガラス工芸の盛んなところです。富山市には市立の富山ガラス造形研究所があります。全国唯一の公立ガラス造形作家養成専門機関なんですよ。たくさんの優秀な作家を輩出しています。わたしも造形研究所の卒業生です。卒業してすぐに薬師寺先生のところに弟子入りさせて頂いたのです」

「どうして、富山県ではガラス作りが盛んなのでしょうか」

「あんまりはっきりした理由はないのですが、『富山の薬売り』は江戸時代から有名ですよね」

「私のお祖母《ばあ》ちゃんが子どもの頃には、富山の薬屋さんがよくまわってきたって話は聞いたことがあります」

元哉も同じ商店街の出身だから、祖父母は知っているかもしれない。

「そう、いまは大変少なくなりましたが、昭和の頃までは盛んでした。その関係で明治期には製薬会社がいくつも興されたのです。それとともに薬瓶に使うガラス製造業も増えました。ガラス製造業はだんだんと下火になっていったのですが、富山市でガラス産業を再興しようとする動きがありました。『ガラスの街とやま』の街づくりを目指すためにプロ養成機関として一九九一年に開校したのが造形研究所です。二年課程の専門学校なので忙しいです。設備は整っていますし、教育レベルも高いです。おまけに授業料も安いので本気でガラス造形を学びたい人にお奨めできる学校です」

久米は胸を張って言葉を継いだ。

「たとえば、卒業生の小牟禮《こむれ》尊人《たかひと》先生は秋田公立美術大学の教授となっていらっしゃいます」

「あ、水谷さんの出身校ですね」

亜澄は驚いたように言った。

「そうです。だから水谷さんも造形研究所のことは意識していると思います」

小牟禮教授によって、高度なガラス造形の技術は富山から秋田へと移入されたのだろう。

「釧路や秋田と同じく富山も雪国ですね。北アルプスを背後に控えた地域ですよね。野中さんが釧路川の蓮葉氷をモチーフにした『氷燦』を生み出したように、久米さんも北アルプスの雪をテーマに作品作りをなさるおつもりはないですか」

興味深げに亜澄は訊いた。

「そんなこともご存じですか」

笑みを浮かべながら、久米は言った。

「はい。友人から聞きました」

亜澄はちゃっかり英美里から聞いた『氷燦』の話を持ち出している。

しかも、『友人から聞いた』と言っている……。

どこまで、面の皮が厚い女なのだ。

「わたしは海沿いの魚津市の出身なんですよ。魚津と言えばなにを思い浮かべますか」

おもしろそうに久米は訊いた。

「ホタルイカ！」

「残念」

「ガラスのテーマにはならないでしょうか……」

亜澄はペロッと舌を出した。

「たしかに『ホタルイカ群遊海面』は国の特別天然記念物となっています。それと『埋没林』も特別天然記念物なのですが……魚津三大奇観にはもうひとつあるんですよ」

思わせぶりに久米は言った。

「あ、蜃気楼！」

亜澄はかるく叫んだ。

「そうです。そうです」

久米は何度も首を縦に振った。

「チャンスに恵まれないと無理ですが、春と冬にはけっこうくっきり見える日もあるんです。あるはずがないところに見えない景色が見える。光と風が織りなす自然の芸術ですよ。そんな蜃気楼を作品のテーマにしたいと考えているんですよ。まだ、蜃気楼は出てこないんですけどね。このテーマに決める前から蜃気楼は頭にあったんです。だから工房の名前も《ミラージュ・ガラス・スタジオ》にしたんです」

照れたように久米は笑った。

「そうか。ミラージュって蜃気楼のことですよね。すると、あの作品も蜃気楼を求めたものなんですか」

亜澄はキャビネットの上の赤い花器を指さした。

「ああ、あれは『悠ガラス展』の銀賞受賞作で『やわらぎ＝春風』という作品です。まだ、蜃気楼をテーマにする前のものなんですよ」

花器に視線を移して久米は答えた。

「いろいろと興味深いお話を伺えてよかったです」

亜澄は質問を変えようとしている。

「いえ、本当は作品のことをもっと詳しくお話ししたかったんですけどね。工房はいま散らかっているのでお見せできないんですが……」

久米は肩をすぼめた。

「いえいえ……ところで、大変失礼なことを伺いたいんですが……」

顔を引き締めて、亜澄は久米の顔を見た。

「なんでしょうか」

いくぶん緊張した顔で久米は訊いた。

「一昨日の夜なんですが……午後九時から一一時頃に久米さんはどちらにいらっしゃいましたか？　とくに一〇時前後のことなんですが」

亜澄は久米を見つめてゆっくりと訊いた。

「いやだなぁ、アリバイの確認ですか」

久米は眉根を寄せた。

「申し訳ありません。関係者の方全員に伺っているんです」

亜澄は頭を下げた。

「一昨日の月曜日ですよね。そしたら、小笠原さん、一石三鳥ですよ」

嬉しそうに久米は言った。

「は、一石三鳥とは？」

亜澄は首を傾げて、言葉をなぞった。

「わたしだけじゃなくて、薬師寺先生と糟屋さん、三人のアリバイが一度に証明できます」

背筋を伸ばして久米はきっぱりと言った。

「ご一緒だったんですか？」

目を瞬かせて亜澄は訊いた。

「ええ、月曜日は先生の七五歳のお誕生日だったんですよ。それで、わたしと糟屋さんがケーキやシャンパンを持参して先生のお宅に伺ったのです。それで、先生のところの住み込みのお手伝いさんの小杉知加子《こすぎちかこ》さんが自慢の料理の腕を振るってくれましてね。午後七時くらいから午前一時くらいまで、お誕生日パーティーをやっていたんですよ。だから、三人はそれぞれにほかの二人のアリバイを証明できるし、小杉さんは全員のアリバイを証明できるというわけです。どうですか？　問題はありませんよね。小杉さんにも訊いてみてください。あ、そうだ、帰りはタクシーを呼んでもらって先生のところから帰りましたから、そこの運転手も証言してくれますね。鎌倉観光タクシーって会社です。一時頃佐助から常盤口まで乗ったのはわたしくらいでしょう」

久米は笑顔で言った。

裏がとれれば、三人のアリバイはかなり確実だ。

捜査の手間も一挙に省けることになる。

「わかりました。こんな質問をして申し訳ありませんでした」

亜澄は深く頭を下げた。

「いずれにしても、わたしたち薬師寺一門が野中さんに害意を抱く理由などありませんから。だいたい、わたしたちはこの一〇年、野中さんとは会ってもいないんですよ。先生はもちろんのこと、糟屋さんもわたしも野中さんを殺すなんて考えられませんよ」

久米はバカバカしい話だという顔をした。

元哉と亜澄は礼を言って、《ミラージュ・ガラス・スタジオ》を出た。

「工芸家って大変なんだね」

常盤口のバス停に向かうのどかな道で、亜澄が歩きながら感じ入った風に言った。

「そうだな。刑事がどんなに大変でも、仕事してりゃ給料はもらえるからな」

元哉は自営業だけは選ぶまいと思ってきた。

祖父母は、平塚銀座の商店街で曾祖父母の時代から紙店を営んできた。

文房具屋へと姿を変えた吉川紙店を経営している祖父母の姿を見ていた父は、市役所に勤めて同じく市役所勤めの母と結婚した。

サラリーマンとして生きてゆくのは、いわば親の代からの家訓ともいえた。

「ところでさ、久米さんの話どう思った？」

立ち止まって、亜澄は訊いた。

「薬師寺国昭っていうガラス作家はずいぶんえらい人みたいだし、弟子たちの指導には熱心のようだな。だけど、野中さんは門下を離れるし、水谷さんは破門されている。一門が落ち着かないのは、なぜだろうな。なにか理由があるんだろうな」

元哉には謎だった。

「不思議だよね。野中さんは銀座で個展をやるくらいだし、水谷さんも人気作家になっている。久米さんの工房だって立派だった。弟子たちは能力も高く、意志も強い人たちだと思うよ。なぜ、そんなことになったんだろうかね」

亜澄は考え込む表情となった。

わずかな沈黙の後に、亜澄は口を開いた。

「もしかしてさ、その薬師寺って大先生に問題があるんじゃないかな。たとえばすごく気難しいとか、やたら厳しいとか……会ってみなきゃわかんないけど」

亜澄は首を傾げた。

「だけど、ほぼ同じ時期に二人は一門から出ている。もし師匠が厳しいという理由だったら、野中と水谷が同じ時期に薬師寺門下を離れるというのは納得できない」

元哉は腕組みをした。

「そうだね、野中さんが去った後、一門で何かトラブルがあったのかな……そう考える材料もないか」

釈然としない顔で亜澄は言った。

「薬師寺という大作家には、どうしても会ってみる必要があるな」

言葉に力を込めて元哉は言った。

「あたしは今回の事件の鍵は、そのあたりにあるような気がしてるんだよ」

考え深げに亜澄は言った。

亜澄は論理的思考にもすぐれているが、なによりも勘がいい。いままでもいくつもの事件で、彼女の直感が事件の核心を見抜いていたことがあった。亜澄の勘はあなどれない……元哉はいつもながらにそう感じていた。

「うーん、どうかな」

元哉は腕組みをした。亜澄の勘がすぐれていることはわかるが、死んだときの野中と薬師寺一門の関係は希薄な気がする。

「アリバイのことはどう思う？」

亜澄は元哉の顔を見て尋ねた。

「薬師寺の誕生日会か……とにかく、裏をとらなきゃならんな。まずは糟屋、薬師寺、さらに小杉という家政婦にも別々に会う必要がある」

「次は糟屋さんだね」

元気よく亜澄は言った。

「ああ、北鎌倉の長寿寺って言ってたな。どうやって行くんだ？」

「バスで鎌倉に戻って、北鎌倉駅から歩いて行ける。さぁ行くよ」

亜澄はずんずん歩き始めた。

道沿いの林からセミの鳴き声は相変わらずやかましいほど響いている。

3

長寿寺の背後からまぶしい西陽が差していた。

北鎌倉駅前を通る県道二一号を一〇分ほど歩いたところに長寿寺はある。

足利尊氏の菩提《ぼだい》を弔うために子の基氏によって建立された臨済宗の古刹《こさつ》である。

《糟屋ガラス工房》は、長寿寺脇の道を奥に一〇〇メートルほど入ったところにあるはずだった。

だが、糟屋則孝が電話で指示したのは長寿寺の入口から県道を鎌倉駅方向に少し進んだところにある《風樹庵》という喫茶店だった。

なんでも家人が外出しているので、お茶一つ出せないという話だった。

席数は少なくないが、ほかには数組の客がいるだけだった。

和風の落ち着いた店内の奥のテーブル席で糟屋は藍染めの作務衣姿で待っていた。

白髪が目立つ細長い顔で、痩せた五〇代なかばくらいの男だ。

あごにはいくらか無精髭が見えるが、目つきは鋭くクリエイターらしい雰囲気は強く感じられた。

なんとなく書家か日本画家というイメージだった。

「実は、今日はこの後、東京の九段でちょっとした会合があるんだよ。なので、大変申し訳ないが、今日は三〇分程度に留めてもらえないだろうか。野中くんを害した人間はわたしも憎い。あなたたちの捜査には全面的に協力するつもりだ。今日で足りなければ、何度でも時間を作る。なので、どうかよろしくお願いします」

あらたまった口調で、糟屋は頼んだ。

「お忙しいのにお時間を作って頂いて感謝します。では、質問する内容を絞りますね」

亜澄はにこやかに答えた。

元哉は三人分のコーヒーをスタッフの若い男にオーダーした。

「野中くん……まったく残念なことだよ」

糟屋は嘆くような声で言った。

「おつきあいは深かったのですか」

亜澄の問いに、糟屋は大きくうなずいた。

「いや、むかしは世話になりっぱなしだったよ。彼が北海道に帰るまではね。原料の調合バランスや着色剤の種類から始まって、吹きガラスの息を吹き込む加減、ブラストガラスの研磨の加減からなにから、基礎的なことはみんな野中くんから習った。彼自身も忙しいのに嫌な顔ひとつせずに親切に丁寧に教えてくれた。野中くんは実に人格のすぐれた人間だったよ」

糟屋は野中を手放しで褒めた。

「あの……糟屋さんは野中さんより歳上でいらっしゃいますよね」

亜澄は不思議そうに訊いた。

元哉も同じ疑問を持った。

「わたしは野中くんより年は八つも上だが、ガラス工芸家としても薬師寺先生の弟子としても後輩なんだ。薬師寺先生のところにお世話になったのは二三年前で、わたしが三三歳のときだ。それまでは彫刻家を志していたからね。で、わたしは薬師寺先生のところでガラス作りの修業を始めた。そのとき野中くんはすでにひとかどのガラス作家だった。数々の傑作を生み出し、いくつかの賞を受賞していた。薬師寺先生も作品の素晴らしさを評価して、大いに目を掛けていた。将来は自分の後継者にしたいと考えていたと言っていい。一方、ガラス作り初心者のわたしにとってはあとを追うことも難しい偉大なる先輩だった。彼は武蔵美《ムサビ》の工芸科出身で最初からガラス作家を志して勉強してたからね。彼がいなかったら、ガラス工芸家としてのいまはない」

糟屋は声を張って答えた。

ガラス作家などの工芸家には絵描きなどの美術系から転向してくる人間もいるのだろう。いままで知った、薬師寺、野中、久米、水谷は最初からガラスを学んでいたようだが……。

「武蔵美の工芸科というと薬師寺先生と同じ学科ですね」

明るい声で亜澄は言った。

「そうだよ。野中くんは先生の純粋な後輩なんだよ。わたしは東京造形大学なので学閥の外の人間というわけだ。年を食っているせいで、いまは現役としては門下の一番弟子になってしまったけどね」

糟屋は声を立てて笑った。

久米から聞いた話では、薬師寺の弟子はまちまちな学校の出身者で薬師寺門下に学閥があったとは思えなかった。

「いちばん伺いたいのは、一〇年前に野中さんが一門を辞めた理由です。さらに関連して、水谷勝也さんが薬師寺門下を破門になった理由です。この二つのことについて、糟屋さんはなにかをご存じではないでしょうか」

亜澄は、さっき自分が口にしていた仮説について、糟屋に突っ込みを入れた。

「いや、それは……」

糟屋は言い淀んで、口をつぐんだ。

沈黙は続いたが、糟屋の額には汗がにじみ出てきた。

どう見てもなにかを知っているのに違いない。

「あなたが黙っていても、この事実は明らかにします。関係者の方はたくさんいらっしゃいます。捜査員が次々にお訪ねすれば、きっと事実を明らかにできるはずです。糟屋さんが隠しても意味はないと思います」

やわらかい声で亜澄は恫喝した。

「一門の恥になることを、いちばん歳上のわたしから聞き出そうというのかね」

眉根を寄せて糟屋は訊いた。

「はい。あなたから聞きたいです」

きっぱりと亜澄は言い放った。

「わたしが話したことを誰かに話したりしないかね」

亜澄の顔をじっと見て糟屋は訊いた。

「わたしをはじめ警察の者は誰にも言わないことをお約束します。ただ、裁判が始まれば検察官はあなたを証人として呼ぶかもしれません」

亜澄は正直なことを口にした。

「わかった。野中くんが一門を辞めた理由は推測でしかない。ただ、その原因となったある騒動は知っている。いまから一一年前の九月のことだ。その頃、野中くんは全美展という日本を代表する公募美術展を目指していた。その年の全美展で彼は『佐助ヶ谷の銀雫』というガラス作品を制作して応募することになっていた。彼のイメージは佐助ヶ谷……おそらくは銭洗弁天の崖から流れ落ちる清水を表現したかったようだ。宇賀福神社は境内の一角にちいさな滝がある。この滝の水があの霊泉を作っているのだが、おそらくそのような湧き出る泉の霊力に大自然の癒やしの力を表現したかったのだろう。彼は何ヶ月も掛けて『佐助ヶ谷の銀雫』を作り続けていた。ところが完成前に事件が起きた」

苦しげな顔で糟屋は言葉を切った。

「事件と言いますと？」

亜澄は眉間にしわを寄せて訊いた。

「最後の仕上げの段階で表面を飾るガラスが焼き上がったときに、とんでもないことが起きた。君はこの作品……つまり草の崖を落ちる霊泉の雫にはどんな色が似つかわしいと思うかね？」

眉をひそめて糟屋は訊いた。

「それはやはり緑……エメラルドグリーンとかアップルグリーンのような色がふさわしいのではないでしょうか。もちろん光の反射で銀色に輝くわけですが」

亜澄は即答した。多くの人が同じ答えを口にするだろう。

あるいはブルー系を思い浮かべる人間もいるかもしれない。

「誰しもそう思うだろう。だが、炉から出した『佐助ヶ谷の銀雫』は、なんと濁った紫に発色していたのだよ」

糟屋の悲痛な声が響いた。

「ええっ」

亜澄は驚きの声を上げた。

「紫じゃ、泉にはならない……」

横から元哉も思わず言葉を発した。

元哉はまさかこんな話が飛び出してくるとは考えてもいなかった。

「グリーンは酸化クロム系の着色剤を使う。若草色のような発色となる。酸化銅系を加えるとエメラルドグリーンに変わってゆく。紫は酸化ニッケルか、酸化マンガン系の着色剤を使わなければ出るはずはない。佐助ヶ谷工房では着色剤は共通ではなく、個々人の棚に置いてあった。着色剤の管理にも厳しい野中くんが取り違えるなんて過ちを犯すはずはないんだ。しかも、着色剤の置いてある部屋には施錠がされていなかった」

糟屋はつらそうに言葉を切った。

「ということは？」

亜澄は間髪を容れずに訊いた。

「何者かが野中くんが用意した着色剤をすり替えたんだよ。内部の者であれば、誰でも着色剤のすり替えは可能だったんだ。野中くんはすり替えに気づかずに『佐助ヶ谷の銀雫』を炉に入れてしまった。結果は霊泉とはほど遠い色のガラスが仕上がってしまった。野中くんは冷えたガラスをそのまま土間の床に投げつけて叩き割ってしまった……」

糟屋は目をつぶって苦しみに耐えるような表情を浮かべた。

紫の『佐助ヶ谷の銀雫』を見たときの野中の心中を考えると、元哉でさえ胸がつぶれるような気持ちに陥った。

「彼はその年の全美展への応募をあきらめた。作り直すにしてもとてもではないが、時間が足りなかったんだ。そして、野中くんはその冬に薬師寺先生のもとを去り、釧路へと旅立った。先生にも我々相弟子にもひと言もあいさつなく、彼は生まれ故郷へと帰っていった」

糟屋は暗い声で言った。

「それから、どうしたんですか」

畳みかけるように亜澄は訊いた。

「ああ、その後は本人からは連絡がないので、業界内の噂で聞いたことだが……。次の年の初夏には小樽に移り、あるガラス作家の胸を借りた。工房を使わせてもらってたんだ。四年後の全美展では、故郷の釧路の風物詩である蓮葉氷をモチーフにした作品……」

糟屋はちょっと言葉を切った。

「『氷燦』ですね」

覆い被せるように亜澄はすかさず答えた。

「よく知っているね。そう『氷燦』だ。野中くんはこの作品で全美展で賞を取ったんだ。これは写真でしか見ていないが、本当にすぐれたものだった。彼の故郷への思い、自然への畏敬の念を如実に表現した作品だったんだよ。『佐助ヶ谷の銀雫』がどんな作品になったのかはわからないが、あれが失敗したことは野中くんにとってはかえってよかったのかもしれない」

糟屋は考え深げに言った。

元哉には意味がよくわからなかった。

「どういうことですか」

亜澄はぽかんと口を開けた。

「仮に『佐助ヶ谷の銀雫』がうまく完成していて全美展の賞を取った場合より、『氷燦』で受賞したほうが四年遅れとは言え、評価が高かったのではないだろうか。彼の人気はあの作品で受賞してから急上昇した。後にオンタリオ州のカナダ国立美術館で招待作家として展覧会を開いたくらいだからね」

誇らしげに糟屋は言った。

「すごいですね。きっと、野中さんには新天地であり故郷である北海道での再出発がよかったのでしょうね……ところで、水谷さんはどうして破門されたのですか」

亜澄はさらっと、答えにくい質問に移った。

意表を突かれたような顔をした糟屋だったが、すぐにあきらめたように口を開いた。

「……先生は理由を言わなかった。『今日から水谷勝也はわたしの弟子ではない。あの男は君たちの仲間ではなくなった。つきあわないように』とだけ。その日から水谷は工房には現れていない。だが、わたしにはわかる。野中くんの作品を台無しにしたのは水谷なんだ」

静かな口調で糟屋は言った。

「まさか……」

亜澄は言葉を失った。

元哉にも水谷が犯人だとは信じられなかった。

今日の午前、水谷を訪ねた際の不自然さの理由はすでに解明されたと言っていい。

破門された事実を、元哉たちに知られたくなかったのだろう。

だが、あれだけガラス制作に対して真摯な態度を持ち、また、ガラス工芸を愛している男がそんなことをするだろうか。

「わたしだって信じたくなかった。だがね、事件の前日の深夜、水谷が着色剤などが置いてある準備室に出入りする姿をわたしは見てしまったんだ。準備室には焼成前の『佐助ヶ谷の銀雫』も置いてあった。ふだんは深夜に出入りする者などはいない部屋だ……」

喉を詰まらせたような声で、糟屋は続けた。

「わたしはそのことを、野中くんにも先生にもほかの誰にも言っていない。だが、先生はなんらかの事実で、水谷が犯人だとお気づきになっていたのだろう。水谷もさっさと工房を去った。もし自分が無実だというのなら、先生や我々にきちんと反論しただろうし、そんなにあっさりとやめたりはするまい。だが、水谷はなにも言わずにやめていった。これは彼が犯人だということの証ではないか」

だんだんと声の調子が高くなって、最後はかなり興奮気味に糟屋は言った。

「わかりました。ではなぜ、破門されたのに、水谷さんは鎌倉に住み続けているのでしょうかね」

亜澄は首をひねった。

「さぁね、関谷なんて場所は鎌倉の端も端だ。すでに鎌倉から出たようなつもりなんじゃないのか。わたしには水谷という男の考えていることはよくはわからん。あいつだってわたし以上に野中くんには世話になっていたのに……まったく見下げ果てた男だよ」

吐き捨てるように糟屋は言った。

「ところで、関係者の方は全員にお伺いしているので、お気を悪くされないでほしいのですが……事件のあった一昨日の夜九時から一一時の間、糟屋さんはなにをしていましたか」

唐突に亜澄は質問を変えた。

「いわゆる、アリバイの確認か。ふだんならわからない日も多いけど、月曜日の記憶ははっきりしてるよ。七月一七日は先生の誕生日なんだ。その日は朝からうちの工房で仕事をしていて、夜七時くらいに佐助の先生のお宅に伺ったんだ。六時半に鎌倉駅で久米嘉男という弟弟子と待ち合わせて、シャンパンだのケーキを買ってからタクシーで先生のお宅に行った。お手伝いの小杉知加子さんの自慢の料理を肴に、ずっと飲み続けたね。先生は終始上機嫌で、お開きはだいたい午前一時くらいだよ。帰りはタクシーを呼んで、自宅まで帰った。いつも使ってる鎌倉観光タクシーって会社のクルマだよ。もし疑いがあるなら、ほかの人やタクシー会社に確認をとってみてよ」

いくぶん腹立たしげな口調で糟屋は答えた。

「久米さんのお話と完全に一致していました」

亜澄は口もとに笑みを浮かべた。

「あれっ？　久米のところにも行ったのか」

意外そうに糟屋は言った。

「はい、こちらに伺う前にお訪ねしました……」

亜澄がチラリと見たので、元哉はほかに質問はないという意味でうなずいた。

「本日はありがとうございました。コーヒー代はこちらでお支払いします」

二人は立ち上がった。

「ごちそうさま。さっきも言ったけど、訊きたいことがあったら、いつでも呼び出してよ。今度はもう少しまとまった時間を取るよ」

鷹揚な調子で糟屋は言った。

「はい、またお話を伺うときにはよろしくお願いします」

亜澄の言葉と同時に、二人は一礼して支払いを済ませると外に出た。

「ね、このまま歩いて署に戻ろうか」

店を出た亜澄がいきなり提案した。

「どれくらいあるんだ？」

元哉はなにげなく訊いた。

「二キロちょっと……こっちからだと巨福呂坂《こぶくろざか》のとこは下りだからさ。反対方向よりはずっと楽なんだ」

「二キロくらいなら、むろんかまわないよ」

元哉が承諾すると、ニコッと笑って亜澄はどんどん歩き始めた。

県道二一号は鎌倉では比較的広い道路でこのまま行くと若宮大路となる。鎌倉駅入口の交差点や鎌倉署を通って、最終的には滑川《なめりがわ》交差点で海沿いの国道一三四号にぶつかる。元哉が覚えた数少ない鎌倉市内の道路である。

「それにしても、大変な話が出てきたね」

歩きながら、亜澄は糟屋から聞いた話に触れた。

「ひとつは野中さんの『佐助ヶ谷の銀雫』の制作が妨害されたことだな」

元哉が予想もしないことだった。

「そう……全美展入賞のチャンスをそんな方法で奪うなんて卑劣な犯人だよね」

亜澄の声には怒りが滲んでいた。

「やっぱり動機は嫉妬か……」

嫉妬と自分の地位を守ろうとするような感情が入り交じったのかもしれない。

「その可能性は高いと思うよ。詳しく調べないと断言できないけど、内部の者の犯行だと思うし」

「野中さんが北海道に帰った理由はよくわかったな」

「そうだねぇ。あたしが野中さんだとしても薬師寺先生の工房にはいたくないよ。自分を卑劣な手段で陥れようとしている人間と一緒に働きたくないもん」

「で、その犯人が水谷だから、薬師寺さんは破門したというわけか」

「うーん。でもさ、本当に水谷さんがすり替え犯だとしたら、恨んでいるのは野中さんのほうだよね。野中さんが一一年前の恨みを晴らしたくて水谷さんを殴ったというなら筋が通るけど、水谷さんが野中さんを殴るっていうのは、恨みのベクトルが逆だよ。あるいは野中さんが水谷さんを呼び出して殺そうとしたのに、いざとなると反撃されて水谷さんが野中さんを死なせちゃったのかな」

亜澄は納得できていないような声を出した。

「そうなると殺人ではなく、傷害致死だな。場合によっては過剰防衛となるかもしれんが、任意的減免に過ぎない。罪は免れないだろう」

任意的減免とは、裁判官の裁量で刑が減免されることがあり得るという性質のものである。そのため、正当防衛が認められた場合のように罪が成立しないわけではない。また、心神耗弱が認定された場合のように法定的減免……つまり法律に定まっているので刑を減免しなければならないというものでもない。

「そうだねぇ。過剰防衛が成立しても、相手が死んじゃっているからねぇ」

「四八歳と三五歳か……でも、水谷は小柄で体力もありそうにないな。だけど、そもそも犯人と野中さんが争ったような明確な形跡はないんだぜ。むしろ、野中さんは犯人に気づかないうちに殴り殺された可能性が高いんだ」

争った可能性は少ないのだ。

もし、水谷が野中を殴ったのなら、さっき亜澄が言ったように『恨みのベクトルが逆』としか思えない。破門になったことへの逆恨みだ。

「そうだとすると、真実はどこにあるのかねぇ」

冴えない声で亜澄は言った。

巨福呂坂を下り、鶴岡八幡宮の境内西側に沿って進むと、右手から西陽が降り注いできた。

今日あたりは日没は七時くらいになるので、まだ夕焼けまでは遠い。

「ちょっと早いけど、夕ご飯にしてこう」

三ノ鳥居のところで直角に曲がると、若宮大路が始まる。

鎌倉駅入口の交差点を過ぎてすぐに亜澄が立ち止まった。

目の前には「本格中華料理」と看板が出ている店があった。

メニューの張り紙がベタベタと貼ってあって観光客向けに見える店だった。

「こう見えて町中華のような味と値段なんだよ。ここから鎌倉署までは五〇〇メートル。会議は八時からだし、餃子でもチャーハンでもチンジャオロースでもがっつり食べてこう」

ウキウキした声で、心底楽しそうに亜澄は言った。

元哉の返事も待たずに、両手を振りながら亜澄は店のなかへと入っていった。

あわててあとを追うと、なんとなくカフェのようなインテリアでまとめられた店だった。

亜澄はさっさと席に着いていた。

元哉も亜澄もチャーハンや餃子などをたらふく詰め込んで、重い身体で鎌倉署を目指した。

その夜の捜査会議で、被害者の野中重之の司法解剖結果が発表された。死因は後頭部を強打されたことによる脳挫傷であり、死亡推定時刻は一昨日の夜九時から一一時で、鑑識や検視官の所見と変わらないことが明らかとなった。

また、野中重之には姉以外に兄弟はなく、両親は故郷の釧路市の実家を守っているが、高齢のために野中の遺体の引き取りは姉に任せたという話が伝えられた。

地取り捜査でははかばかしい成果が上がっていなかった。いまのところ、殺害時刻頃に現場付近に出入りした車両や不審な目撃者の情報は得られていなかった。

亜澄は野中の弟弟子たちを訪ねた際の内容をかいつまんで話したが、捜査幹部をはじめたいして興味を持つ捜査員はいなかった。

むしろ、デパート関係者のなかに金に困っている者が二人浮上し、そちらの鑑取りに傾注するようにとの指示があった。

第三章　失われた輝き

1

元哉は悪夢にうなされていた。

スマホが振動している。

この振動で起きたらしいが、こんな時間に電話をしてくる者がいるとは思えなかった。

腕時計を見ると、まだ、午前五時五五分だ。

液晶画面に表示されているのは、なんと滝川沙也香ではないか。

吠え声のようなイビキをかいている隣の捜査員を起こさないように、あわてて元哉は廊下へと出た。

廊下の端の自販機スペースに急いで、電話を取る。

「もしもし、吉川さん。沙也香です。おはようございます」

紛れもなく滝川沙也香の声だった。

「おはようございます。どうしたんですか？　こんな時間に」

驚きつつもささやき声で元哉は訊いた。

「いま吉川さん、鎌倉警察署にいるんですよね」

釣られたせいか沙也香もささやくような声を出している。

「ええ、しばらくの間は鎌倉署に泊まっています」

「これから出てこられますか？」

やさしい声で沙也香は訊いてきた。

だが、元哉は沙也香が言っている言葉の意味がわからなかった。

「は？　これからですか？」

間抜けな声で元哉は訊いた。

「そう。わたしいま鎌倉駅にいるの」

沙也香は笑いを含んだ声で言った。

「え？　え？　鎌倉ですか？」

またも間抜けな声が出た。

「そう、あなたに会いたくて鎌倉まで来ちゃった」

甘い声で沙也香は言った。

危うく誤解するところだ。

だが、捜査本部の朝にデートがあるはずがない。

「ほんの三〇分でいいのよ。ダメかしら？」

沙也香の甘い声は続いている。

「まだ勤務時間じゃないですから大丈夫です。でも、なんのご用でしょうか？」

まわりを気にしつつ、元哉は答えた。

幸い自販機に缶コーヒーを買いに来る者などはいない。

「あのね、英美里があなたにどうしても聞いて頂きたいお話があるんです」

そうか、波多野英美里と一緒か……。

俺はなにを期待し、なにに失望しているんだ。元哉は自分の顔を殴りたくなった。

「で、どんな話なんでしょうか」

気を取り直して、元哉は訊いた。

「いまあなたが扱っている事件のこと」

さらりと失望させることを沙也香は言った。

仕事の話なのか。

「え？　その話なら、正式に聞きに伺いますよ」

まじめな声で元哉は答えた。

「ダメなの。英美里はあなただけにお話ししたいんですって」

沙也香はちょっとだけ強い声で言った。ささやく声はいつの間にか消えている。

「どういうことですか？」

理由がわからずに、元哉はとまどいの声で訊いた。

「あなた、またあの小笠原亜澄ちゃんと組んでるんでしょ？　一日中一緒なのよね？」

沙也香の声に、一種の敵意が乗っかっている。

「まぁ……そうですけど」

たしかに朝礼から夜の捜査会議まで、場合によってはその後も元哉は亜澄と離れることはできない。すくなくとも、いまの捜査本部が解散するまでは。

「英美里は亜澄ちゃんが怖いの……だからあなただけに話したいって。朝一番ならあの人はいないと思って鎌倉まで二人で出てきたのよ。いまなら会ってもらえるかと思って」

沙也香はいじらしい声で言った。

そういうことだったのか。だから、亜澄のとんがった態度は問題が大きいのだ。

「会えますよ。彼女が出勤してくるのは八時くらいですよ。気分次第で早く出てきても七時半より早いことはないでしょう」

たいていの場合、捜査本部で連絡事項を流す朝礼は八時三〇分から始まる。警察寮などでは七時が基本的な起床時間となっているが、夜が遅い捜査本部の場合、通勤時間は不要だし、八時に起きていれば御の字だ。

亜澄は材木座のアパートに住んでいる。元哉は行ったことはないが、鎌倉署から歩いて一〇分ほどの距離だ。

神奈川県警は予算の関係で独身寮が少ない。独身でも警察寮には入れずに、アパート暮らしをしている警察官が珍しくない。

「こんなに早く来ることはなかったわね」

またも笑いを含んだ声で沙也香は言った。

「いえ、滝川さんとお会いできるのは嬉しいですよ」

本音だった。

捜査本部にいる間は、警察職員以外の人間と会えるのは聞き込みのときだけだ。

「じゃあ、出てきて」

沙也香ははっきりとした口調で要請した。

「鎌倉駅の改札口まで行けばいいですか」

「わたしたちも少しお迎えに出ます。鎌倉郵便局前交差点のところにスルガ銀行があるんだけどご存じ？」

「いえ、でも若宮大路沿いですよね」

「そうです。若宮大路の東側の歩道を歩いてきてください。銀行の前あたりに茶色いベンチが並んでいるんです。わたしたち、そこで待っていますから」

明るい声で沙也香は言った。

「わかりました。一〇分はかからないと思います。待っててください」

釣られるように元哉からも明るい声が出た。

「ありがとう。では後ほど」

沙也香は電話を切った。

持ってきたボストンバッグに入っている新しい下着やシャツに着替えて、鏡の前であわてて身なりを整えた。

二分で支度はすんだ。

元哉は周囲に気を遣いながら、三分後には鎌倉署から出ていた。

若宮大路を走るクルマは少なく、歩道にも人の姿はほとんどなかった。

今朝もよく晴れているが、まださほど気温は上がってはいない。

遠くの寺社からだろうか。ヒグラシの鳴き声がかすかに聞こえる。

スルガ銀行の建物が見えるよりも早くストローハットをかぶった二人の女性がベンチから立ち上がる姿が見えた。

「吉川さーん」

はしゃぎ気味の声が響いた。

明るい顔の沙也香が手を振っている。

ブリーチの利いたデニムのバギーパンツに黒のカットソーを着ている。

隣で英美里も手を振っていた。

こちらは、白っぽいカットソーに、ブルー系の細かい花柄の丈の長いスカートを穿いている。

遠目に見ても、二人ともすらっとしたスタイルが涼しげに見える。

弾む心で元哉は駆け寄っていった。

「おはようございます」

元気な声で元哉はあいさつした。

「出てきてくれてありがとうございます」

沙也香は満面に笑みをたたえて礼を言った。

「すみません。わがまま言って」

英美里はしょげたような顔で頭を下げた。

「いえ、捜査にご協力頂きありがたいです」

元哉は優等生的な答えを返した。

「七時からなら開いてるお店もいくつかあるんだけど……これしか買えなかったの」

沙也香は冷たい缶コーヒーを渡した。

「どうも」

頭を下げて元哉は受けとった。

「とにかく座って」

沙也香は微笑みながら、五連並んでいる木製ベンチのいちばん海側を指さした。

ほかのベンチには誰も座っていなかった。

元哉はかるくあごを引いて、示されたベンチに腰を掛けた。

若宮大路の向こう側にあるのは、なんと昨日、亜澄と夕飯を食べた中華屋ではないか。

意味もなく元哉はまわりを見まわした。

もちろん、亜澄がいるわけはない。

「わたしたちも座りますね」

沙也香が座り、英美里が座った。

右に沙也香、左に英美里と二人の美女に挟まれるかたちになって元哉はラッキーボーイ的な態勢となった。

内心の嬉しさを隠して、元哉は平らかな声で口火を切った。

「事件についてお話があるそうですが」

すると、英美里はガバッと立ち上がった。

「ごめんなさい。わたしウソをついていました」

深々と英美里は頭を下げた。

元哉は口をつけたコーヒーの缶を落としそうになった。

内心の驚きを隠しつつ平静な声で言った。

「とにかく座ってください」

英美里はうなずきながら、もとの位置に座り直した。

「どうして、ウソなんてついていたんですか」

元哉は英美里の目を見つめて静かに訊いた。

「あの……わたし、先月に起きた事件でも結花さんの友だちで、関係者でしたよね。あのときも警察に犯人じゃないかって疑われていたような気がします」

英美里は眉根を寄せた。

「そんなことはありませんよ。警察は波多野さんを疑ってはいませんでした」

元哉は言い訳するように答えた。

かるく英美里はあごを引いて口を開いた。

「そうかもしれません。でも、わたしとしては警察は怖いという印象を抱いてしまったのです。そこへ来て今度の事件です。たまたま、わたしは事件の現場に近い葛原岡神社にいました。今度こそ犯人扱いされるんじゃないかと不安でならなかったのです。実はわたしは野中さんともある程度親しい。つまり関係者でもあるのです。警察署に連れていかれて厳しく尋問されることを考えると、本当のことを話す気にはなれませんでした」

英美里は元哉の目をまっすぐに見て言った。

あのときの英美里が、ウソをつくことに躊躇《ちゅうちょ》はなかったことが感じられた。

元哉は内心で舌打ちした。

捜査上、必要な場合以外には、尋問口調でものを聞くべきではないのだ。亜澄のあの調子では、英美里が警察に対して妙に構えてしまうのも無理はない。

亜澄はそのあたりは心得ている刑事だと思っているが、英美里や沙也香に関してはあきらかに調子が狂っている。

「どんなウソをついたと言うんですか」

横を向いて英美里の目を見つめながら、元哉はゆっくりと訊いた。

「『氷燦』です」

硬い表情で英美里は答えた。

「どういうことですか」

もどかしい気持ちを隠しながら、元哉は落ち着いた声で訊いた。

「わたし、この前、野中さんと初めて会ったのは『氷燦』のポスターを見たからだと言ってしまいました」

英美里は真剣な目つきで元哉を見た。

「そうでしたね」

そんな話を聞いていた。

「でも、それは真実ではありません。野中重之というガラス作家の存在はずっと前から知っていました。野中さんが北海道に帰る前から、それこそ一〇年以上も前から知っていたのです」

気まずそうな顔で英美里は話した。

「ほ、本当ですか」

元哉の舌はもつれた。

「会ったのは個展が初めてで、それまでも会ったことはありません。でも、『氷燦』も写真はずっと前から見ていました。個展のポスターで知ったのではありません。野中さんが個展を開くことも、ある美術関係のウェブページで知っていました。彼に会いたくてそのために銀座まで行ったのです」

「野中さんが有名作家だからですか」

「いえ……。そうではありません。野中さんは、わたしの友だちのご主人だった方だからです」

英美里ははっきりと発声して、思いもしない事実を明らかにした。

「えーっ」

元哉はのけ反ってしまった。

「わたし、多摩美の出身だと言ったことがありますよね」

「はい、以前に聞きましたね」

そうだった。それでイラストレーターをしていると言っていた。

「実はその子……美月さんは同じグラフィックデザイン学科の同級生だったのです」

「そうなんですか」

元哉は驚きを隠せなかった。

「ただ同級生っていうんじゃなくって、学生時代は同じく相模原市の橋本駅近くにアパートを借りていたので、よく一緒に遊んでましたし、お互いの部屋を訪ねることも多かったのです」

なつかしそうに英美里は言った。

多摩美は八王子市といってもかなり南端で相模原市が近いと聞いたことはある。橋本駅が便利だったのか。

元哉は笑顔でうなずいて、話の続きを促した。

「美月さんは、とても素直で心のきれいなやさしい子で、わたしが風邪とか引くと心配して料理を持ってお見舞いに来てくれるんです。卵がゆとか野菜スープとかそんなもんですけど、わたしはどれだけ感激したか。ひとりっ子のわたしには姉のようにも感じられました。意志が強くてどっしりとしたところもありました。わたしのところに遊びに来たとき、変な訪問販売の業者を強気に追い返してくれたこともあります。わたしはなんにも言えないでひたすら困っているばかりだったのに。彼女は本当に大切な存在でした」

しみじみとした口調で英美里は言った。

美月はやさしくしっかりした女性だったようだ。

元哉はうなずきながら、問いを重ねた。

「美月さんとはいまでもおつきあいがあるのですか」

いきなり英美里の両目が潤んだ。

「嫁ぎ先で病気のために急死しました。だから、もう二度と会うことはできないのです」

英美里は目を伏せた。

「亡くなったのですか。嫁ぎ先というのは野中さんのところですね」

いくらか驚いて元哉は訊いた。

「はい、美月さんは一〇年前に、釧路で野中重之さんと式を挙げました。その後、小樽へ移って野中さんを全面的に支えていました。家庭教師のバイトや非常勤の美術の先生、絵画教室の先生などをしていたのです。仕事場は住居とは離れたところにあったので、野中さんは帰ってこない日も多かったようです。ですが、美月さんは野中さんの才能を信じて、そんな日々を支えたのです。その頃の野中さんはまだ人気も出ておらず、作品はぜんぜん売れなかったそうです。なので生活費も大方は美月さんが稼いでいたようです。このあたりの話は美月さんからもらうメールで明るく伝えてもらいましたが、わたしはいつもじわっと感激していました」

英美里の声は湿った。

「まさに糟糠の妻ですね」

元哉は詠嘆するように言った。古い言葉が似つかわしい。

いまでもそんな女性は存在するのか。元哉は美月に尊敬の念を抱いた。

「ところが、五年前のクリスマス直前の夜、自分の部屋で倒れて救急車で病院に運ばれますが、その夜のうちに亡くなりました。若年性の心筋梗塞と聞いています」

英美里の声は沈んだ。

「波多野さんはどうやってそのことを知ったのですか」

つらい質問を元哉は続けた。

「美月さんとは卒業後もよくメールのやりとりをしていました。彼女が小樽に移ってからも同じでした。わたしの個展の案内ハガキなども送っていました。それで、亡くなった翌年の春、ご主人の野中さんがわたしに訃報のハガキを送ってくれたのです。そこに住所や電話番号、メアドなんかも載っていましたので、わたしからお電話して詳しいお話を聞きました。美月さんは自分が教えている子どもたちへ、絵の講評というか励ましの言葉を書いたクリスマスカードを書く作業をしている最中に倒れたのです。異変に気づいた野中さんが彼女の部屋に駆け込むと机に突っ伏して苦しんでいたんだそうです。あわてて一一九番に電話したのですが、到着が少し遅れて……結局は助けられなかったと野中さんは泣いていました」

苦しそうに英美里は言葉を結んだ。

「お若いのに、本当にお気の毒でした」

元哉は瞑目して弔意を示した。英美里の同級生で五年前ということは二八歳か……その若さで急死した美月は気の毒としかいいようがない。だが、ここまでの話は今回の事件と関係がありそうにない。

「今回の事件と関わりがあることについても話してください」

やわらかい声で元哉は尋ねた。

「もちろんはっきりと関係があるかどうかは、わたしにはわからないのですが……」

英美里は言い淀んだ。

「気になることがあれば、なんでも言ってみてください」

口もとに笑みを浮かべて、元哉は英美里を促した。

「野中さんが鎌倉での暮らしを捨てて故郷に戻ったのは、美月さんと結婚したことと関わりがあるのです」

慎重に言葉を選んで英美里は言った。

「どういうことですか」

もう少し具体的なことを聞きたい。

「美月さんは、野中さんの恩師、薬師寺国昭先生の娘さんなんです」

英美里は元哉の目を見つめながら言った。

「本当ですか!」

元哉は叫んでいた。

薬師寺のことを捜査本部は事件の上では重要な人物とは考えておらず、家族などについても調べていなかった。

「はい、かなりお年を召されてから生まれた一人娘でした。だから薬師寺先生は本当にかわいがっていたのです。しかもお母さまは美月さんが四歳のときに交通事故で亡くなられていたのです。美月さんは薬師寺先生のただ一人のご家族だったのです。美月さんはことあるごとに、自分への愛情を注ぎ続けた父には感謝していると言っていました。

美月さんは大学を卒業してから鎌倉の実家に戻っていたのですが、変な男に執着されたと思い込んでいました。わたしも何度か相談を受けたんです。それで、薬師寺先生はその男のことを危険視し警戒していたのですが、後にストーカー行為は存在しないとわかったそうです。どうやら、内部でストーカーを装っていた人がいたらしいんです。そのストーカー問題を相談していたことがきっかけで、美月さんは野中さんのことが好きになってひそかにつきあっていたのです。薬師寺先生にバレて大反対されたそうです。それで、美月さんは、いきなり野中さんと駆け落ちしてしまった。薬師寺先生は怒り狂って、野中先生と美月さんとは連絡をとらなくなったそうです」

悲しげに英美里は続けた。

「年の差が原因で反対したのでしょうか」

元哉は鼻から息を吐いた。

「一五歳違いです。確かに年の差もありましたが、問題はそこではなかったようです。薬師寺先生には工芸家との結婚が許せなかったようです。ガラス作家と一緒になるなんて、貧乏と結婚するようなもんだとか言われたそうです」

英美里の顔は沈んだ。

「野中さんは、薬師寺さんのかわいがっていた弟子だったんですよね」

元哉の言葉に英美里は強くうなずいた。

「いちばん大切にしているお弟子さんだったそうです。美月さんによれば、ご自分の後継者と考えていたみたいです。でも、愛娘にはもっと安定した人生を送ってほしかったのかもしれませんね」

やりきれないような顔で英美里は言った。

イラストレーターも大変だろう。英美里には身につまされる話なのかもしれない。

「なにか父親の愚かな愛という気がしますね。自分が選んだ道と同じ道を邁進《まいしん》している野中さんを邪険にするなんて」

元哉は半分あきれた声を出した。

「そうですね、二人の仲を認めて祝ってあげれば……もしかすると、美月さんは死なずにすんだかもしれませんね」

淋しそうな顔で英美里は言った。

「野中夫妻は小樽でも苦労したのでしょうからね」

元哉はうなずいた。

「そんな苦労のなかで、小樽運河の蓮葉氷を二人で見て、野中さんの故郷の釧路川のそれとイメージが重なって『氷燦』が生まれたのです。野中さんは『氷燦』が仕上がったときに美月さんにこう言ったそうです。『この作品は二人の合作だ。造形は自分がやったが、その精神は美月が生み出した』と……美月さんは涙が止まらなかったと伝えてきました。その『氷燦』で野中さんは大成功しました。でも、その成功の日々を知らずに美月さんは亡くなってしまったのです」

英美里の瞳からついに涙があふれ出た。

しばらくあたりには沈黙が漂った。

「薬師寺先生は美月さんのお葬式には顔を出したようですが、ひと言も口をきかなかったと野中さんが言っていました。しかも、美月さんのお骨は釧路の野中家のお墓に入りました。野中さんは美月さんに蓮葉氷の見える釧路のお墓に眠ってほしかったのです。でも、このことは薬師寺先生をさらに怒らせたそうです。一年ほど前に野中さんは鎌倉に帰ってきましたが、薬師寺先生は無視し続けたようです。

個展の後でお食事したときに野中さんが言っていました。もしかすると、薬師寺先生の怒りを解きたかったからなのかもしれません。これはわたしの想像に過ぎませんが……お話ししなければいけなかったことはこんなところです。事実を隠していて申し訳ありませんでした」

英美里はしっかりと頭を下げた。

「野中さんと美月さん、薬師寺さんの関係はよくわかりました。教えて頂きこちらこそお礼を申しあげます」

元哉は頭の中がグルグルとしていた。薬師寺は野中を憎んでいるかもしれない。だが、美月が死んでから五年も経って、いまさら野中を害そうとするとは考えにくい。ベクトルは間違っていないが、その線は細すぎる。

いま聞いた話は事件との関わりがあるのだろうか。

「英美里、ちゃんと話せてよかったね」

沙也香が英美里に元気よく言った。

「うん、吉川さんにウソついていたのは苦しかったから」

明るい顔に戻って、英美里は言った。

「ねぇ、吉川さん。この話はやっぱり小笠原さんに話すしかないんでしょう？」

沙也香は元哉の顔を見て訊いた。

「そうですね。野中さんに関する重要な情報ですから、小笠原や捜査本部に黙っていることは難しいと思います」

元哉は正直に答えた。

「わたしの名前を出してください。刑事さんにウソをついたのだから、わたし自身が罰を受けるのは当然です」

毅然とした表情で英美里は言った。

「刑事にウソをつくのは芳しくはありません。でも、安心してください。波多野さんは、裁判で偽証したわけではないのですし、犯人隠避罪に問われるような内容でもない。波多野さんは罪に問われることありませんよ」

元哉は気楽な調子で答えた。

「そうなんですね」

ホッとしたように言って英美里は沙也香と顔を見合わせた。

「もし、さらにお尋ねになりたいことが出てきたら、いつでも連絡してください。わたしとしてもなかよしだった美月さんの旦那さんを殺めた犯人を逮捕するためならどんな協力もします」

力強く英美里は言った。

「その節はよろしくお願いします。では、そろそろ時間が気になるんで、僕は失礼します」

亜澄が出勤してくる前には鎌倉署に戻りたい。

元哉は立ち上がった。

「わたしたちは、この前と同じ七時からやっている滑川交差点近くのお店に行きます。今日もお仕事頑張ってね」

沙也香は立ち上がるとはしゃいだ声で言った。

「ありがとうございました」

英美里は釣られるように立ち上がって深々と身体を折った。

元哉は二人にうなずくと、踵を返して若宮大路の歩道を海の方向に走り始めた。

反対方向からイヌの散歩に来た女性がなにごとかと目を見張った。

鎌倉署の建物が徐々に近づいてきた。

いま聞いた話を、どのように亜澄に伝えるべきか、元哉は憂うつだった。

2

出勤してきた亜澄に、英美里から聞いた話をかいつまんで話すと口を利いてくれなくなった。

朝一番から元哉の気は重かった。

昨日までの時点で、薬師寺国昭に会わなければならないことは決まっていた。

朝礼が終わると、元哉は講堂の片隅で薬師寺国昭邸に電話を入れた。

「今日は体調もよいので、お目に掛かれるそうです。一〇時頃にお越し頂ければと存じます」

電話に出た年輩の女性は明るい声で答えた。

「体調が戻ってよかったです。では、一〇時に伺いたいと思います。ところで、もしかすると小杉知加子さんでいらっしゃいますか」

元哉は三人のアリバイの裏取りを始めた。

「まぁ、どうしてわたしの名前をご存じかしら」

やはり知加子だった。

「実は糟屋さんと久米さんから伺いました。お料理がお上手だとか」

元哉は調子のよい声で言った。

「あら、二人ともお世辞ばっかり」

照れたような声で知加子は答えた。

「ところで、月曜日にも糟屋さんと久米さんは見えて、小杉さんの一流のお料理を食べたとか」

相変わらず調子よく、元哉は続けた。

「一流かどうかはともかく、わたし二〇年以上も薬師寺先生のお宅に住み込みでお料理を作っているの。多少は上達したのね。うちは家政婦はわたし一人で男手がないから、力が必要なことは業者さん任せなんです。だから、行き届かないことが多いのよ。ところで、月曜日ね。そう、一七日は先生のお誕生日だったんでお祝いパーティーを毎年開いてるのよ。いまはお見えになるのは糟屋さんと久米さんだけになっちゃったけど、むかしは大勢見えてそれはそれは賑やかだったのよ」

知加子は淋しそうに答えた。ほかにも野中、水谷、美月なども参加していたのだろう。

「糟屋さんと久米さんは何時頃にお見えになったんですか」

やわらかい声で元哉は訊いた。

「ええ、午後七時ちょっと過ぎね。七時のニュースが始まってすぐ一台のタクシーで見えたわ。なんでも、待ち合わせて駅でお土産を買ってきてくれたって《紀ノ国屋》の紙袋を抱えてね……裏口って言うか西口に《紀ノ国屋》があるのよ。おつまみもいいんだけど、ワインがすごくそろってるの。二人はとってもいいシャンパーニュを買ってきてくれたのよ。一時間ほどお給仕してからいつものように引っ込んで自分の部屋に戻ってテレビを見ていたわ」

二人の発言と食い違いはない。

「お帰りになったのは遅かったんですか」

元哉は退出時刻についての確認をとった。

「遅かったわね。先生も大変に上機嫌で飲んでいらしたから。わたしは二階の自分の部屋で、録画してあった『18/40～ふたりなら夢も恋も～』とかを見てたのよ。福原遥ちゃんと深田恭子ちゃんのドラマ。すごくよかったわよ。福原遥ちゃんってかわいいと思わない？　わたし、NHKドラマの『正直不動産』の頃から大ファンなのよぉ。あの子って子役出身でしょ。芸歴長いのになんであんなに初々しいのかしらねぇ。あなたは『正直不動産』って見た？」

なんだか話が逸れてきたが、つきあわないと先が聞けない。

「はぁ……『正直不動産』ですか。わたしは見損ねていて……」

元哉は正直に答えた。ネットニュースで話題になっていたので見たかったが、一年前のドラマだ。

「あら、配信があるから見てみて。主人公の山Pもいいけど、とにかく新入社員役の福原遥ちゃんが初々しくて最高だから」

知加子は熱心な口調で言った。

「はい、ぜひ……で、お二人は、何時頃に帰ったんですか」

繰り返して元哉は尋ねた。

「そうそう、ごめんなさい。で、ドラマを見てたら、客間からインターホンが入って、タクシー二台呼んでくれって先生がおっしゃって。糟屋さんは北鎌倉の長寿寺のとこだし、久米さんは常盤よね。わたし、行き先も言って鎌倉観光に頼んだのよ。そしたら、二台が来たのが、一時一五分頃。二人ともかなり酔っ払って……わたし玄関までお送りしましたよ」

知加子は誇らしげな声を出した。

年輩の女性にとって一時過ぎまでの勤務はさぞ大変だろう。あるいは、朝が遅いのかもしれない。

「ありがとうございました。では、わたしともう一名で後ほど伺います」

元哉は丁寧な口調で言った。

「お待ちしていますよ」

知加子は朗らかな声で電話を切った。毒がない雰囲気の老女だ。

続けて元哉は鎌倉観光タクシーに電話して、久米と糟屋の薬師寺邸への往復についての裏をとった。

彼らの供述には間違いがなく、鎌倉駅からの往路も七時七分に薬師寺邸に到着。復路は二台を薬師寺邸一時一六分の迎車で、行き先は長寿寺付近と常盤だった。

やはり二人のアリバイは確実のようだ。

亜澄に知加子と鎌倉観光タクシーに確認した内容を話しても、ただ、うなずくだけだった。

「おい、小笠原。薬師寺さん、一〇時のアポ取れたぜ」

ずっとスマホをいじっている亜澄に、元哉は声を掛けた。

「佐助二丁目は、だいたい一・八キロだけど、登りばかりだから三〇分ってところね。九時半に出るからね」

スマホを覗き込みながら、亜澄は背中で答えた。

出発してから二〇分ほど後、元哉と亜澄は市役所通りから銭洗弁天に向かう坂道を登っていた。

薬師寺邸は、銭洗弁天の東側の谷の奥に建っている。

鎌倉署からここまでの間、亜澄はほとんど口を利かずにどんどん先を歩いていた。

銭洗弁天から葛原ヶ岡へと続く道を左に分けるあたりでいきなり亜澄が口を開いた。

「だから、なんで吉川くん一人を呼び出してそんな重要なことをあんただけに話しに来るのよ」

亜澄は不機嫌そのものの声で言った。

「言っただろう。波多野さんは小笠原にウソを言ったから、そのことに罪の意識を持ってたんだ。怖いから、小笠原じゃなくて俺に話したかったんだよ」

元哉は答えながら、自分の言葉が言い訳めいているなと思った。

実際は、すぐに嚙みつく亜澄が怖かっただけだろう。

「罪の意識があるならなおのこと、あたしに直接、ほんとのことを話すべきよ」

亜澄は鼻をふんと鳴らした。

「それができなかったんだから仕方ないだろ」

またも元哉は言い訳している。

「いい大人なのに付添が必要なわけ？　あの人は」

亜澄の言葉は毒気に満ちている。

「波多野さんはこわごわ真実を話しに来たんだよ」

気弱に元哉は言った。

考えてみれば、自分はそこまで英美里をかばう必要はないような気もする。

「そうだとしても、なんで、あの沙也香っていう女が従いてくんのよ。今朝だって、あんたを呼び出したのは沙也香でしょう。性悪よ。結局、あんたが甘いから、付け入る隙があるってことでしょうが」

亜澄の機嫌はますます悪い。

「おい、どうして、小笠原は滝川さんのことをそこまで悪く言うんだよ」

いささかあきれて元哉は言った。

「人間には好き嫌いがあるんだよ」

亜澄は開き直った。まさにこれがはっきりした理由だろう。

二人の相性は最悪のようだ。

「結局、波多野さんは真実を話したんだから」

なだめるように元哉は言った。

「あんたは、どうしてあの二人には甘いんだろうね」

亜澄は鼻の先にしわを寄せて笑った。

「そんなことより、野中さんと美月さん、薬師寺さんの関係について、小笠原の意見を聞かせてくれ」

うんざりして元哉は話題を変えた。

「うーん、たしかに薬師寺さんは野中さんを憎んでいたかもね。でも、この話全体からすると、薬師寺さんが殺したいほど野中さんを恨んでいたとは思えないんだよね。結局、野中さんはずっと美月さんを大切にしていたそうだし、彼女が亡くなったのを野中さんのせいにするのは無理があるよ」

ようやくふだんの亜澄に戻ってくれて、元哉はほっと胸をなで下ろした。

「だけど、美月さんを釧路の野中家の墓に入れたことにも薬師寺さんは激怒してたみたいだぞ」

元哉は亜澄の横顔を見て言った。

「それだって、野中さんの美月さんへの愛だよ。ちょっと古風だけど、ぜんぜん異常な話じゃあない。婚家の墓に入るのは一般的なんじゃないかな」

亜澄は平静な口調で答えた。

そう考えると、野中に対する薬師寺の憎しみは激しすぎるようにも思う。

だが、感情の抱き方は、人それぞれだ。

このあと、薬師寺に会って確かめてみたいと元哉は思った。

「あのいちばん奥の立派な家じゃないかな」

亜澄が谷の奥のちょっと高くなったところに建っている大きな家を指さした。

道が終わるところに駐車場のようなコンクリート敷きのスペースがあって、そこから建物に階段が続いていた。

崖上に建つ古い和洋折衷の家屋と工房はゆかしい雰囲気を持っていた。

玄関ベルを鳴らすと、エプロン姿の小柄な老女が出てきた。

ふっくらとした顔の人のよさそうな雰囲気を持つ女性だった。

年齢は七〇代と思えるが、立ち居振る舞いなどはしゃきしゃきしていた。

「あらぁ、あなたが電話くれた人?」

知加子と思しき女性はニコニコしながら訊いた。

「はい、先ほどはどうも。県警の吉川です」

元哉はにこやかに答えた。

「声もよかったけど、素敵な殿方だわね」

知加子は元哉の顔を眺めながら嬉しそうに言った。

「はぁ、どうも」

元哉は返事に窮した。

無視されている亜澄はおもしろくなさそうな顔をしている。

「まぁ、どうぞこちらへ」

知加子は、元哉たちを歓迎するそぶりで邸内に招じ入れた。

一階の洋風の応接間に元哉と亜澄は通された。

まわりの林からは小鳥のさえずりが盛んに聞こえる。

裏の山からはコジュケイの鳴き声が響いてくる。

すぐ知加子が麦茶を持ってきてくれた。

しばらくすると、白っぽい着流しに、黒く透けた羽織をまとった高齢の男性がドアの向こうから現れた。

ちなみに亜澄と違って元哉は和服のことは少しもわからない。

細面に鼻筋の通った端整な顔立ちだ。

髪も髭も真っ白で七五歳という年齢にふさわしいが、両の目つきは鋭い。

ただならぬ貫禄があり、人格高潔な人柄と見える。

亜澄と元哉はそろって起立して低頭した。

「ご体調が芳しくないのに、お時間を頂戴してまことに恐縮です。鎌倉署刑事課の小笠原と申します」

相手が高名なガラス作家だけに、亜澄は恭敬な態度で名乗った。

「県警刑事部の吉川です」

吉川も丁重にあいさつした。

「まぁ掛けなさい」

年の割にはよく通る声が響いた。

二人はさっと腰を下ろした。

「薬師寺です。いや、ちょっと夏風邪を引いただけだ……。君らは野中が死んだ件で来たのだな」

平らかな声で薬師寺は言った。表情は少しも動いていない。

「はい、先生のお弟子さんでいらっしゃると聞きましたので……。野中さんについてのお話を伺いたいのです」

亜澄は丁重な調子を保ったまま訊いた。

「ああ、野中はわたしの最も優秀な弟子だった。後進の指導にも熱心で、工芸家としては滅多にいないほどの人物だった」

意外なことに薬師寺は野中を手放しで褒めた。

「すぐれた腕を持つ工芸家さんだったのですね」

念を押すように亜澄は尋ねた。

「もちろん、一級の腕を持っていた。うちの門下では野中を越える者は一人もいなかった。野中がここを去ってからうちの『窯もの』は外に出さないことにした。ぐんと質が落ちたのだ」

薬師寺は顔をしかめた。

「お嬢さまとご結婚なさった。つまり、先生の義理の息子さんなんですね」

亜澄は質問を変えた。

「義理の息子などであるものか」

激しい声で薬師寺は叫んだ。

「言葉が足りなかったらお詫びします。ですが、野中さんとお嬢さまは一〇年前にご結婚なさっていますよね。釧路市で結婚式を挙げたとも聞いています」

平静な声で亜澄は続けた。

「そこまで調べたのか」

薬師寺は低くうなった。

亜澄は黙ってうなずいた。

「野中はわたしを裏切った。美月を盗んだのだ。わたしの生きがいを盗み去ったのだ」

目を怒らせて薬師寺は歯を剥きだした。

「お言葉ですが、お二人は深く愛しあっていたと思います」

涼しい顔で亜澄は言った。

「君、娘のことを知りもせんでなにを言うんだっ」

薬師寺の額には青筋が浮かび上がっている。

だが、亜澄はなにも言わなかった。

「わたしは美月がまだ言葉もろくにしゃべれない頃からずっとひとりで育ててきたんだ。妻にとつぜん死なれて、どうしていいかわからないなかで、美月の笑顔がかわいい一心で必死で育てたんだ。いつも一緒に寝た。風呂にも入れた。背中に湿疹ができて痒くて泣いているときにはひと晩じゅう負ぶっていたこともある。美月のためを思えばこそ後添えをもらうことも考えなかった。あいつを独り暮らしさせて大学に行かせた四年間はどんなにつらく悲しかったか。外ならぬ多摩美だからこそ我慢できたんだ。だが、わたしの精一杯の気持ちが通じたのか、美月は本当によい娘に育ってくれた」

薬師寺の声は湿り気を帯びた。

「美月さんの同級生の女性は、美月さんのことを『とても素直で心のきれいなやさしい子』で姉のように思っていたと言っていました。また、美月さんは、育ててくれた先生に感謝していると言っていたそうです」

元哉は英美里から聞いた話を伝えた。

「そうだったか……美月には気持ちは通じていたのだな」

薬師寺の瞳は潤んだ。

「だが、野中のことは許せん。わたしの大切な、まさに掌中の珠というべき美月をあの男は奪って逃げたのだ。なぜ、きちんと二人そろってわたしのところに許しをもらいに来なかったんだ。そうすれば、薬師寺国昭の娘にふさわしい盛大な結婚式を挙げることもできた。野中だって、正式にわたしの後継者として認めることも世間に披露することもできた。それをまるでこそ泥のように美月を盗みおって。許せるわけがあろうか。わたしは掛け替えのない美月を手放すことになったのだ。だいたい娘をあんな寒いところへ連れ去ったんだぞ。貧乏のなかで死なせた男だぞ。わたしが野中をどれほど憎んでいるかわかるか」

憎悪をむき出しにして、薬師寺は声を張り上げた。

薬師寺が美月を深く愛していたことが痛いほど伝わった。しかし、この頑なさはどうだろう。

だいいち、結婚は男女二人の意思のみで決まるものだ。美月だって立派な大人であって、彼女の意思をなによりも尊重すべきではないか。元哉には薬師寺の強すぎる愛情からも美月は逃げたかったのではないかとも思えてきた。この父娘関係はやはり歪《いびつ》なものとしか思えない。

それでも元哉は、野中を殺害した犯人は薬師寺ではないと感じていた。

いまの状況で、刑事相手にこれだけ野中への憎しみをはっきり伝える男が殺人犯ということは考えにくかった。

「恐れ入ります。では、今回のことはどうお考えですか」

亜澄は薬師寺の顔を覗き込むようにして訊いた。

「はっきり言おう。個人的には何の感興もない。だが、我が国のガラス工芸……いや工芸界のことを考えると大きな損失だ。美月の父親としては感ずることもないが、ガラス作家としては残念な気持ちだ」

きっぱりと薬師寺は言い切った。

元哉は薬師寺の言葉に驚いた。

個人の感情と、ガラス作家としての気持ちを自分のなかできちんと峻別している。

さすがは一流の工芸家だ。

「よくわかりました」

落ちついた声で亜澄は言った。

しばし沈黙が漂った。

「次の質問を致します」

亜澄の声は凜と響いた。

「先生は水谷勝也さんというお名前をご存じですね」

薬師寺の顔を見てゆっくりと訊いた。

「そんなことまで調べているのか。野中の死とは関わりがないだろう」

目を見開いて薬師寺は答えた。

「それはまだ捜査中ですので。ですが、警察はどこまでも調べます」

毅然とした声で亜澄は言った。

「では、真実を伝えよう。水谷は美月にのぼせ上がっていた。こっそり後をつけ回すようなこともあったようだ。水谷は野中が美月に近づいていることを知った。美月と野中の関係に加え、野中の輝ける才能に嫉妬した水谷は、とんでもないことをした」

薬師寺は暗い声で言葉を継いだ。

「水谷は野中が全美展に出すために渾身の力で制作した『佐助ヶ谷の銀雫』の完成を妨害した。水谷は野中が準備しておいた着色剤をすり替えたのだ。工芸家として絶対に許されないことをしたのだ。いや、人間として許されないことだ。わたしはその卑しい事実を知って即座に水谷を破門した。それ以来、水谷には一度も会っていないし、顔も見たくはない。それどころか、君の口から水谷の名前を聞くだけでも不愉快だ。あの男はまさにクズそのものだ」

薬師寺は吐き捨てるように言った。

「嫌なことを思い出させて申し訳ありませんでした」

亜澄が詫びると、薬師寺は黙ってあごを引いた。

続けて亜澄は月曜日の夜のことを訊いたが、知加子たちの証言と内容は変わらなかった。

元哉の顔を亜澄が見たので、首を横に振って答えた。

「貴重なお時間をありがとうございました。失礼な言葉を口にしたかもしれませんが、捜査のためなのです。どうかお許しください」

亜澄は丁重に詫びた。

「そんなことはかまわんが、わたしは野中を殺した人間には興味がない。捜査にも協力するつもりはないので、そのつもりでいてくれ」

素っ気ない調子で言って、薬師寺は立ち上がった。

元哉たちも立ち上がって、頭を下げて部屋を出た。


「どう思う？　薬師寺先生のこと」

源氏山のふもとに下りる道を歩きながら、亜澄が訊いてきた。

「立派な工芸家だな」

「あたしもそう思うな」

「愚かな父親でもある」

「そうだね。娘を愛するあまり、娘の本当の幸せは少しも見えていないみたいだった」

亜澄はうなずいた。

「だけど、あの先生は犯人とは思えない」

元哉ははっきりと言った。

「どうしてそう思うの？」

「あんなにはっきりと野中さんを憎んでいるって言うなんて、犯人ではない証拠のようなものだよ」

「でも、芝居しているだけかもしれない」

「だとしたら、薬師寺さんは役者になったほうがいい……ところで、この後どうする？」

「もう一度水谷さんに会ってみたい」

亜澄の考えは元哉と同じだった。

「賛成だね。大船へ出るんだな」

「ちょっとアポとってみるよ」

亜澄はスマホを取り出した。


水谷の工房に着いたのは一二時少し前だった。

元哉たちは、昨日と同じように作業場横の部屋に通された。

またもミネラルウォーターのペットボトルがテーブルに置かれた。

「最初に確認したいのですが、水谷さんは薬師寺国昭先生のお弟子さんだったのですね」

のっけから亜澄は厳しい口調で尋ねた。

「ええ、むかしはそうでした」

あきらめたような表情で水谷は答えた。

「なぜ、わたしたちに黙っていたのですか」

間髪を容れず亜澄は訊いた。

「言う必要はないと思ったのです。僕は破門された人間ですから」

水谷は口を尖らせた。

「わたしたちは薬師寺先生の工房で、野中さんの制作途中の作品の着色剤がすり替えられて失敗したという事実を知りました」

亜澄がさらに厳しい声で訊くと、水谷は黙ってうつむいた。

「失礼なことを言います。このすり替えを行った人物が水谷さんであったという話を聞きました」

亜澄は慎重な言葉で、水谷を問いただした。

見る見る水谷の顔が真っ青になった。

「冗談じゃないですよ。誰から聞いたかは知りませんが、僕がそんなことするわけないじゃないですか。まさに工芸に対しての冒瀆《ぼうとく》です」

目を吊り上げて、水谷はつばを飛ばした。

「失礼しました。わたしたちはそのことを捜査しているわけではないので真実はわかりません。すり替えは器物損壊や威力業務妨害の罪に該当する可能性があります。でも、公訴時効は三年です。一〇年も経ったいま、わたしたちが捜査をすることはあり得ないのです。ただ、そういう噂を聞いたことは事実です」

やわらかい口調で亜澄は言った。

「小笠原さんたちがそんなデマを信じた理由はわかっています。薬師寺先生もそのデマを信じて僕を破門したんですから……でも僕は陥れられたんです」

水谷は奥歯をギリギリッと鳴らして言葉を継いだ。

「僕は長い間、破門されたのは自分が至らないからだ、ガラス工芸家としての能力が足りないからだと信じていました。なぜなら、薬師寺先生は明日から来なくていいとおっしゃるだけでその理由をひと言もおっしゃらなかったからです。それで、僕は悩んで必死に技術を磨く努力をしてきました。ひとかどのガラス作家になって、こんな不名誉な気持ちから解放されたかったのです。おかげで賞を取ることもできました。でも、破門から受けた傷は消えることはありませんでした」

水谷は暗い顔で言った。

「この前の日曜日……そうです、野中さんが殺される前日、初めてその理由がわかりました」

水谷は苦しそうな声で言った。

「教えてください」

乾いた声で亜澄は言った。

「僕が『佐助ヶ谷の銀雫』をダメにした犯人だというウソを先生に吹き込んだ人間がいたんです。僕に関するデマを吹き込んで、佐助ヶ谷工房から追い出した憎むべき人間がいたのです。そいつは僕が美月お嬢さまをつけ回しているというウソまで先生に吹き込んだ。僕は能力が劣っていたから破門されたのではないのです。想像もつかない冤罪で破門されたのです。でも、先生は破門の理由を教えてくださらなかった。だから、僕は反論することもできなかったのです」

水谷の声は激しく震えた。

「水谷さんは、美月さんをつけ回したりはしていないんですね」

亜澄は念を押すように訊いた。

「あたりまえです。なんで僕がそんなストーカーみたいな真似をしなきゃいけないんですか。たしかに僕は美月お嬢さまには憧れていました。とてもやさしく美しい方でした。だけどね、こちらは駆け出しの工芸家ですよ。先生のお嬢さまにそんな気持ちを持つこと自体を封じようとしていました。幸いにも……というか、美月さんは野中さんを好きになって、僕は指をくわえて見ているしかなかったのです」

水谷は眉根を寄せた。

「美月さんが野中さんを好きだったことを知っていたのですか」

亜澄は平らかな調子で訊いた。

「誰も口には出しませんでしたが、先生以外のみんなが知っていたはずです。だって、野中さんに対する美月さんの態度は恋する乙女そのものでしたから……。先生は美月さんを溺愛するばかりに、そんな姿が目に入らなかったんですよ」

水谷は皮肉っぽい笑いを浮かべた。

「でも、ひどい話ですよね。デマをまき散らした人間は、水谷さんの将来を奪ったんですから」

亜澄は眉間にしわを寄せた。

「本当に殺してやりたいくらいです。僕はここ数日、そいつを追い詰めて首を絞める夢ばかり見て朝起きるんです」

水谷は歯を剝きだした。

「いったい誰がそんなひどいことをしたんですか」

身を乗り出して亜澄は訊いた。

「知りません」

案に相違してあっさりと水谷は答えた。

「知らないいんですか……」

拍子抜けしたように亜澄は言った。

「はい、デマのことを僕に教えてくれた人は『まだ証拠を摑めていないから』と言って、しばらく僕には静観するようにと言っていました」

平静な表情に戻って、水谷は言った。

「教えてくれたのは誰なんですか？」

亜澄は言葉に力を込めて訊いた。

ほんの少しの間、水谷は沈黙した。

「……亡くなった野中さんです」

水谷は静かに言った。

「えーっ」

亜澄は叫び声を上げた。

元哉も驚きを隠せなかった。

「ウソをついてすみませんでした。日曜日の夕方、野中さんはここを訪ねてくれたのです。迷った末に、一一年前の真実を僕に教えに来ることにしたと言っていました。実は、野中さんは奥さんが亡くなる直前にこのことを知ったそうです。美月さんは僕につけ回されたことなど一度もないと言ってくれたということです。さらに野中さん自身がすり替え犯が僕でないことに気づき始めたと言ってくれました。それで、鎌倉に帰ってきて真実を確かめる気持ちになったそうです。さらに、真実が明らかになったら、薬師寺先生に伝え、美月さんとのことをきちんと謝罪して、もう一度門下に加えてもらうつもりだと言っていました。僕が最近の野中さんについて知っていることはこれだけです。ウソをついていて申し訳ありませんでした。実を言うと、警察沙汰に巻き込まれたくなかったんです」

ちょっとしょげた顔で水谷は頭を下げた。

「お話しくださってありがとうございます。わたし、かなり事件の全容が見えてきました。水谷さんのおかげです。感謝します。つきましてはちょっとお願いがあるのですが……」

亜澄は水谷の顔をじっと見て、あらたな課題を持ち出した。

3

翌々日の土曜日の日暮れ前。

薬師寺邸は美しい茜色の光に包まれていた。

裏の雑木林からはヒグラシの声が聞こえている。

応接間には薬師寺と糟屋、久米が集められていた。

もちろん、亜澄の要請である。

薬師寺には門下の重大な話を明らかにしたいと言って、ここに現在の門下の全員が集まることを許してもらった。

「先生にはお話ししたのですが、今日は薬師寺国昭先生ご門下にとって非常に重要な話をしたいと思います」

亜澄は全員を見渡して声を張った。

元哉を除く全員が居住まいを正した。

「一一年前、ご門下には大きな波が押し寄せました。『佐助ヶ谷の銀雫』が何者かの仕業によって失敗し、その後野中さんが美月さんを伴って釧路へと去り、すり替えの犯人とされた水谷さんが破門されました。結局、門下に残ったのは糟屋さんと久米さんの二人です。この工房を去っても、先生が野中さんを破門しなかったのはどうしてですか」

亜澄は薬師寺の目を見つめて訊いた。

「野中は大事な娘をそそのかして勝手にここを出ていった。だが、結局、娘は野中と暮らし始めた。あいつを破門すれば、娘も苦しむだろうと思って、破門できなかった。気持ちとしては許したくはなかったが、破門ということが世間に知られれば工芸家としての野中の名には傷がつく。さらに言えば我が国のガラス工芸界のなかで、あんなにすぐれた人間はいなかったのだ。ガラス工芸家としての野中を潰したくはなかった」

苦渋に満ちた顔で薬師寺は答えた。

「なぜ、すり替えのときに水谷さんを警察に突き出さず、破門するだけに留めたのですか」

亜澄は明瞭な発声で薬師寺に訊いた。

「それは二つの理由がある。ひとつは一門を守りたかったからだ。作品制作過程での着色剤のすり替えなどというのは工芸家として絶対に許しがたい事態だ。これが世間に出たらどうなる。薬師寺が教えた者たちは工芸を冒瀆する人間たちだと指弾され、門下の誰もが工芸家としての将来を失う。もうひとつは、ほかならぬ水谷のためだ。水谷の腕は確かだ。わたしは彼が成功できる力を持っていると信じていた。現に現在、水谷はひとかどのガラス作家として成功している。だが、警察に突き出して刑務所にでも入ることになれば、水谷のガラス作家としての将来はない。つまり、日本のガラス工芸界からひとつの輝きが消えることになる。これは避けたかった。勘違いしてもらっては困るが、水谷という人間を守りたかったのではない。水谷勝也というガラス工芸家を守りたかったのだ」

傲然と薬師寺は言い放った。

「つまり、野中さんを破門しなかったのと同じ理由ですね」

打てば響くように亜澄は言った。

「そういうわけだ」

薬師寺は大きくうなずいた。

「先生らしいお考えだと思います」

亜澄はくっきりとした声で言った。

「あたりまえだろう。わたしはガラス工芸を愛しているのだ」

にこりともせずに薬師寺は言った。

「先生はなぜ美月さんが駆け落ちのようなかたちで、鎌倉を出て行ったのか、その真意を考えたことがありますか」

薬師寺の目をまっすぐに見据えて亜澄は訊いた。

「なんだと？」

裏返った声が響いた。

「やさしい美月さんが、お父さまを愛していた彼女が、先生に結婚を許してもらう努力をしなかったのはなぜだと思いますか」

やわらかい口調で亜澄はゆっくりと尋ねた。

「美月は野中にだまされて、そそのかされていたからだ」

ふんと薬師寺は鼻を鳴らした。

「いいえ、違います」

亜澄はきっぱりと言い放った。

「違うだと？」

薬師寺の声は尖った。

「美月さんは一門から距離を置きたかったのです。すり替え事件で野中さんを陥れ、その犯人というデマで水谷さんを陥れる。さらに、水谷さんにストーカーの濡れ衣を着せた、そんな人たちが嫌でたまらなかったのです」

亜澄は重要なことをさらっと言った。

「ちょ、ちょっと待ってくれ。それでは、水谷はすり替えの犯人ではないというのか」

舌をもつれさせて、薬師寺は訊いた。

「その通りです」

亜澄はしっかりとあごを引いた。

「美月をつけ回していたわけでもないのか」

なかばぼう然とした声で薬師寺は訊いた。

「そうです。そのことは後年、亡くなる直前に美月さんが野中さんに伝えています。美月さんはそうした人物が嫌でたまらなかったのです」

眉根にしわを寄せて亜澄は言った。

「だ、誰なのだ？　すり替えの犯人は？」

声を震わせて薬師寺は訊いた。

「糟屋さん」

亜澄は少し遠くに座っていた糟屋に声を掛けた。

「わたし？」

糟屋は素っ頓狂な声を出した。

「あなたは『事件の前日の深夜、水谷が着色剤などが置いてある準備室に出入りする姿をわたしは見てしまったんだ』と言っていましたね」

糟屋の目をまっすぐに見て、亜澄は強い口調で訊いた。

「み、見たんだ。間違いなく」

声を高めて糟屋はあらがった。

「水谷さん、入ってきてください」

大きな声で亜澄は廊下に声を掛けた。

「先生、ご無沙汰しております」

白いTシャツ姿の水谷が、入口の扉を開けて廊下から入ってきた。

亜澄が水谷に頼んで、待機してもらっていたのだ。

もちろん、知加子の協力を得ていた。

どよめきがひろがった。

「糟屋さんがそんなことを言っていたなんて、僕は少しも知りませんでしたよ」

水谷は落ち着いた声で言った。

「そうでしょうとも。ところで、あなたは一一年前の事件の前日の夜、この工房に来たんですか？」

亜澄はあらたな問いを発した。

「いいえ、あの晩は、僕はその頃つきあっていた彼女の家に泊まり込んでいました。工房に戻ることなんてできるはずもありません」

水谷は新しい事実を口にした。

「あなたは美月さんに憧れていたのではないですか」

真意を確かめるように、亜澄は訊いた。

「憧れてはいました。でも、高嶺の花ですよ。いまも言ったように、僕はその頃つきあっていた彼女……行きつけの美容院の美容師で可那子《かなこ》ちゃんと言うんですけど、可那子ちゃんがいたんで、美月さんにストーカーなんてするはずはありません。結局、別れちゃったけど、その頃は彼女と結婚するつもりだったんです」

照れたように水谷は笑った。

「むむう」

薬師寺はうなり声を発した。

「聞いてくださいましたか。薬師寺先生、水谷さんのストーカー行為など初めから存在しないのです。誰から聞いた話なんですか」

皮肉っぽい声で亜澄は訊いた。

「その話は糟屋と久米の二人から聞いている」

薬師寺は苦虫をかみつぶしたように言った。

「久米さん、あなたは水谷さんを誹《そし》るようなことを言ったのですか」

亜澄は久米を追及した。

「わたしはなにも知らない」

力なく言って、久米はうつむいた。

「というわけで、一一年前の事件は水谷さんとは無関係です。糟屋さんや久米さんが火のないところに煙を立てただけなのです」

身も蓋もない言い方で亜澄はまとめた。

「わたしはだまされていた。こいつらがそんな人間だったとは」

悲痛な薬師寺の声が響いた。

「どうなんですか？　野中さんの作品の着色剤をすり替えたのはあなたなのですか、久米さん」

「俺はやってないっ」

激しい声で久米は叫んだ。

「では、糟屋さんが実行犯なのですね」

亜澄は久米の目を見て問い詰めた。

「そうだ、二人で相談したが、直接、すり替えたのは糟屋さんだ」

久米はがくりと肩を落とした。

糟屋は顔色を失って震え始めた。

「糟屋さん、どうして野中さんを陥れるようなことをしたんですか」

亜澄は糟屋にストレートに訊いた。

「そ、それは……」

糟屋は言葉を失った。

「すでに三年の公訴時効を、とっくに過ぎているので我々は捜査できません。正直に答えてください」

厳しい声で亜澄は問いを重ねた。

「だいたい、あの男は生意気だったんだ。なにが『佐助ヶ谷の銀雫』だ。まるで、佐助ヶ谷工房の薬師寺一門を受け継ぐような題をつけて。何様だと思っているんだ」

糟屋は吐き捨てるように言った。

「やめろ糟屋。わたしは野中にはその資格があると考えていた」

厳しい声で薬師寺は糟屋を諭した。

「糟屋さんと、久米さんに訊きます。あなたたちは水谷さんがストーカーであるかのような工作をしていたのではないですか」

亜澄は二人を交互に見据えて声を張った。

糟屋は顔をそらし、久米は床に目を落として答えを返さなかった。

「薬師寺先生。美月さんはストーカーが存在しないことは薄々わかっていました。だから、怨念渦巻くこの佐助ヶ谷工房が薄気味悪くなったのです。怖くなったのです。そこで、愛する野中さんに頼んで、ここから逃げ出した。なにも言わないで釧路に逃げたのは、先生、あなたを苦しめたくなかったからなのです」

噛んで含めるように亜澄は言った。

「どういうことだ？」

薬師寺は眉間にしわを刻んだ。

「美月さんは、先生が一門をなによりも大切に考えていることをよく知っていたからです。彼女は一門を破壊するようなことはしたくなかった。野中さんも同じ考えでした。だから、二人は鎌倉を捨てて消えていったのです」

亜澄の言葉に、薬師寺は衝撃を受けたようだった。

「なんということだ。わたしは美月のことも野中のこともなにも知らなかった」

薬師寺は嘆き声をあげた。

「そうです。野中さんはすべてを受け容れて、駆け落ちの体《てい》を作って釧路へ逃げたのです。彼にとっては、先生と美月さんの二人を守るための方法だったのです。そして先生、あなたは糟屋さんと久米さんのこともわかってはいなかった」

亜澄はふたたび強い声で言った。

「誠実な弟子たちと信じていたのに」

薬師寺は肩を落とした。

「さて、長々と説明しましたが、一一年前の事件は今回の事件の背景に過ぎません」

室内を見まわして、亜澄はちょっと言葉を切った。

全員が押し黙って、亜澄を見ている。

「月曜日の事件に話を進めたいと思います。水谷さん」

亜澄は水谷に声を掛けた。

「はい、なんでしょうか」

落ち着いた態度で水谷は答えた。

「あなたは日曜日に野中さんと会っていますね」

静かな声で亜澄は訊いた。

「はい、野中さんが僕を訪ねてくれました」

水谷ははっきりした発声で答えた。

室内がざわついた。このことは誰も想像していなかったようだ。

「そこで、野中さんは鎌倉に戻った理由を説明しましたね」

やわらかい声で亜澄は訊いた。

「ええ、美月さんはすり替えの犯人は僕でないと考えてくれたのです。北海道に行ってから、彼女はこの二つの問題をずっと考えてくれていたのです。糟屋さんや久米さんのその後の行動なども小杉さんなどから聞いていたようです。僕や野中さんが去ってからの二人は、我が物顔だったそうです。最後はこの真相にたどり着いたと言っていたそうです。美月さんは薬師寺先生にすべてを話そうとしていたのです。ですが、お正月に帰省する直前にとつぜん亡くなってしまった。悲しみに暮れていた野中さんは、立ち直ってからこの問題を追及することを決意した。野中さんは鎌倉に戻って真実……つまり誰が犯人かを確かめて、先生に伝えたいと考えたのです。さらに美月さんとのことをきちんと謝罪して、もう一度、ご門下に加えてもらうつもりだと言っていました」

ゆっくりと水谷は説明した。

「野中がそんなことを」

薬師寺の声は潤んだ。

「さぁ、糟屋さん、久米さん、野中さんはあなたたちになんの連絡をしてきたのですか」

亜澄は糟屋と久米を交互に見て訊いた。

これは亜澄お得意のハッタリだろう。野中が二人に連絡したという話は出ていない。

だが、そうでなければ、あの事件の犯行を成功させることは難しい。

「わたしたちにはアリバイが……そうだ、アリバイがあるんだ。わたしと久米は七時にここへ来て一時まで飲んでいたんだ。源氏山公園などに行けるはずがない。先生と知加子さんが証人だ」

亜澄の質問には答えず、いち早く糟屋が言い訳を始めた。

「小杉さぁん。小杉知加子さぁん」

亜澄は大きな声を張り上げた。

知加子の反応はなかった。

「どうですか？　この部屋でかなり大声を出しても、二階の小杉さんの部屋には聞こえません」

おもしろそうに亜澄は言った。

「それがどうしたんだ」

糟屋は亜澄に向かって強気の声を出した。

「幼稚なトリックを……あなたはパーティーなどで使う中抜けトリックもどきを使ったのですね」

亜澄は糟屋を見て薄笑いを浮かべた。

「なんだそれは？　わけのわからないことを言うなっ」

激しい声で糟屋は怒鳴った。

「つまり、この家に到着した時間と退出した時間を、小杉さんと鎌倉観光タクシーに証明させてアリバイを作ったつもりなのでしょう。でも、一〇時頃はここにはいなかった。小杉さんはいつものように、一時間ほどお給仕してから自分の部屋に戻ったと言っていました。となると、八時過ぎから一時まではお二人と先生しかここにはいなかった。この家と現場は七〇〇メートルも離れていません。坂道を考えても往復三〇分も掛かりませんよ。現場のあずまやで殺害行為を行うには五分もあれば足りますしね」

せせら笑うように亜澄は言った。

「バカ言うな……到着時間と退出時間の間はずっと先生と飲んでいたんじゃないか」

久米が必死の声で反駁した。

「先生、あなたはわたしにウソをついていますね」

亜澄は薬師寺をじっと見つめて訊いた。

薬師寺は目をつむった。

あるいは亜澄の強い視線を避けたかったのかもしれない。

しばし、薬師寺は口をへの字に結んで黙っていた。

やがて、老大家は大きく息を吸い込んで、口を開いた。

「すまん。わたしは糟屋と久米を守りたかっただけなんだ」

薬師寺はガバッとテーブルに両手をついて額を打ち付けた。

「先生、待ってください」

糟屋が懸命に制止しようとした。

「詳しく話してください」

亜澄は力強く促した。

「あの日……月曜日は、七時過ぎから飲んでいたんだが、八時頃から眠くて眠くて仕方なくなった。一二時過ぎまで寝ていて、ハッと起きると糟屋と久米が土下座をしている。どうしたのかと訊くと糟屋が『先生と一門を守るために野中を殺しました』と言うんだ。野中から糟屋に連絡があったらしい。野中の家の近くの源氏山公園で事情を話すから出てきてくれ、梶原側のあずまやで九時半に待っていると頼んだらしい。糟屋は言われた通りにあずまやで待っていた。すると、野中は何の警戒もせずにやって来た。しばらく話していて野中の注意が逸れているところを、近くの林に隠れていた久米が棒で背後から殴って殺したらしい」

薬師寺は淡々と続けた。

「先生。なにをおっしゃっているんですか。ずっと飲んでたじゃないですか」

うわごとのような声で久米が叫んだ。

「こういう連中を信じたり、かばったりしたわたしがどんなにバカかよくわかったよ」

苦渋に満ちた表情で薬師寺は力なく言った。

「久米さん、あなた、薬師寺先生のシャンパンに睡眠導入剤を混入させましたね。やったのですか」

亜澄は久米の顔を見ながら訊いた。

「えっ」

久米は大きく目を見開いた。

「常盤総合病院の心療内科がかかりつけですね。すでに担当医の証言は捜査員がもらってますよ。眠れないと言って睡眠導入剤の処方を受けていますよね」

「そ、そんな……いや、それは薬師寺先生とは関係ない」

久米は顔の前で手を振った。

「状況証拠だ。物的証拠などなにもない。わたしはそんなことはやっていないぞ」

糟屋はどこまでも往生際が悪い。

「あのね、糟屋さん。証拠収集は始まったばかりですよ。これから全捜査員一丸となってあなたと久米さんに関する証拠を集めます。防犯カメラの映像、ＤＮＡが採取できる毛髪、足痕、それらの強力な証拠は決して警察の目から逃れることはできないのです」

亜澄は引導を渡した。

糟屋と久米はガクッと肩を落としてうなだれた。

「パトカー二台要請します。被疑者三名、任同します……」

元哉は捜査本部に電話を入れた。

「さぁ、パトカーが来るまで一〇分ほどですよ。任意同行というかたちで、お話を聞かせてくださいね」

妙に明るい口調で亜澄が言った。

「小笠原さん、吉川さん、申し訳ないことでした。わたしも共犯だね」

薬師寺は深々と頭を下げた。

「今回のケースでは、従犯にはならないと思います。先生には犯人隠避罪が成立する可能性があります。刑法一〇三条に規定されています。三年以下の懲役または三〇万円以下の罰金という法定刑です」

元哉はなるべくさらっと答えた。

「そうか……とにかくご迷惑をおかけした。やはり、佐助ヶ谷工房を終わらせるときを迎えた方がよさそうだ。美月と、野中ともっとよく話し合うべきだった」

ひどく淋しそうに薬師寺は言葉を継いだ。

「愛は盲目と言うが……娘への愛も人をひどく愚かにするものだな。気づいてもすべては遅いが」

老大家の両の瞳から涙があふれ出た。

元哉はさっと目を背けた。

まわりの林で鳴いていたヒグラシの声はもう聞こえなかった。

エピローグ

元哉は亜澄と鎌倉駅西口近くのバーで一杯やっていた。

厳しい取調で糟屋と久米はすべてを自供し、勾留中だった。

薬師寺はすぐに保釈され、佐助の家で静かに過ごしているという。

元哉は薬師寺が起訴されないことを祈った。

「あらぁ、デートぉ？」

華やかな声が店内に響いた。

なんと、滝川沙也香ではないか。

「あら、性悪の沙也香ちゃん。そうよぉ、うらやましい？」

すでにけっこう飲んでいる亜澄が粘っこく答えを返した。

「そうねぇ、うらやましいから、今度はわたしが元哉くん誘っちゃおうかなぁ」

負けずに粘っこい反撃を沙也香が繰り出した。

「なによ、あんたに元哉くんなんて言う資格あるわけ？」

亜澄は据わった目で沙也香を睨んでいる。

「あなたこそ、どんな資格があって元哉くんとプライベートまで一緒にいるのよ。ただの仕事の相方に過ぎないでしょ」

笑みを浮かべて、沙也香は皮肉っぽい口調で言った。

「あたしたちはバディだもの、あたりまえじゃないの」

ふんと亜澄は鼻を鳴らした。

「へぇ、警察ってのは相手が階級が上だと嫌でもお酒につきあわなきゃならないの？　無理やりつきあわされた元哉くんが気の毒ね」

眉根を寄せて、毒いっぱいに沙也香は言葉を続けた。

「失礼ね。なにが無理やりよ。彼の意思でここへ来ているんだから。一杯やりましょって誘ったら、喜んで従いて来たのよ」

憤然と亜澄は答えた。

別に元哉は「喜んで」ここへ来ているわけではない。

「なるほどね……奸譎《かんけつ》な女が言いそうなことね」

あざ笑うように沙也香は言った。

「なにそれ？」

きょとんとした顔で亜澄は訊いた。

実は元哉も知らない言葉だ。

「知らないの？　教えてあげる。奸譎っていうのは、よこしまで心に偽りが多いことをいう言葉よ。教養のない女」

小馬鹿にしたように沙也香は笑った。

「なんですって！」

亜澄が真っ赤になった。

アルコールの効果ではない……。

まずい。ここは逃げ出すに限る。

店の外に出ようと元哉は抜き足差し足で歩き始めた。

「あれっ、元哉くん、どこ行くの」

沙也香がめざとく見つけた。

「トイレですっ」

元哉はそのまま前の道に走り出た。

「しまった。カバン忘れた」

楽しげな観光客が行き交うなかで、元哉は途方に暮れていた。

文春文庫

鎌倉署《かまくらしよ》・小笠原亜澄《おがさわらあすみ》の事件簿《じけんぼ》
佐助ヶ谷《さすけがやつ》の銀雫《ぎんしずく》

定価はカバーに
表示してあります

2024年11月10日　第1刷

著　者　鳴神《なるかみ》響一《きよういち》
発行者　大沼貴之
発行所　株式会社 文藝春秋

東京都千代田区紀尾井町 3-23　〒102-8008
TEL 03・3265・1211㈹
文藝春秋ホームページ　https://www.bunshun.co.jp

落丁、乱丁本は、お手数ですが小社製作部宛お送り下さい。送料小社負担でお取替致します。

印刷製本・TOPPANクロレ
Printed in Japan
ISBN978-4-16-792301-3

（ ）内は解説者。品切の節はご容赦下さい。

誉田哲也・大門剛明・堂場瞬一・鳴神響一
長岡弘樹・沢村 鐵・今野 敏
偽りの捜査線
警察小説アンソロジー

刑事、公安、交番、警察犬……。あの人気シリーズのスピンオフや、文庫オリジナル最新作まで。警察小説界をリードする7人の作家が集結。文庫オリジナルで贈る、豪華すぎる一冊。

と-24-70

永瀬隼介
最後の相棒
歌舞伎町麻薬捜査

伝説のカリスマ捜査官・桜井に導かれ、新米刑事・高木は新宿歌舞伎町を舞台にした命がけの麻薬捜査にのめり込んでいく。予想外の展開で読者を翻弄する異形の警察小説。　（村上貴史）

な-48-6

中山七里
静おばあちゃんにおまかせ

警視庁の新米刑事・葛城は女子大生・円に難事件解決のヒントをもらう。円のブレーンは元裁判官の静おばあちゃん。イッキ読み必至の暮らし系社会派ミステリー。　（佳多山大地）

な-71-1

中山七里
静おばあちゃんと要介護探偵

静の女学校時代の同級生が密室で死亡。事故か、自殺か、他殺か？　元判事で現役捜査陣の信頼も篤い静と、経済界のドン・玄太郎の〝迷〟コンビが五つの難事件に挑む！　（瀧井朝世）

な-71-4

長岡弘樹
119

消防司令の今垣は川べりを歩くある女性と出会って……（「石を拾う女」）。他、人を救うことはできるのか――短篇の名手が贈る、和佐見市消防署消防官たちの9つの物語。　（西上心太）

な-84-1

鳴神響一
鎌倉署・小笠原亜澄の事件簿
稲村ヶ崎の落日

鎌倉山にある豪邸で文豪の死体が発見された。捜査一課の吉川は、鎌倉署の小笠原亜澄とコンビを組まされ捜査にあたるが……。謎の死と消えた原稿、凸凹コンビは無事に解決できるのか？

な-86-1

新田次郎
山が見ていた

夫を山へ行かせたくない妻が登山靴を隠す。その恐ろしい結末とは。少年をひき逃げした男が山へ向かうと。切れ味鋭く人間の業を抉る初期傑作ミステリー短篇集。新装版。　（武蔵野次郎）

に-1-46

（　）内は解説者。品切の節はご容赦下さい。

西村京太郎
「ななつ星」極秘作戦
十津川警部シリーズ
太平洋戦争末期、幻の日中和平工作。歴史の真相を探ろうと豪華クルーズ列車「ななつ星」に集った当事者の子孫や歴史学者らに、魔の手が迫る。絶体絶命の危機に十津川警部が奔る！
に-3-52

西澤保彦
黄金色《きんいろ》の祈り
他人の目を気にし、人をうらやみ、成功することばかり考えている「僕」は、人生の一発逆転を狙って作家になるが……。作者の実人生を思わせる、異色の青春ミステリー小説。（小野不由美）
に-13-1

似鳥《にたどり》　鶏《けい》
午後からはワニ日和
「怪盗ソロモン」の貼り紙と共にイリエワニ、続いてミニブタが盗まれた。飼育員の僕は獣医の鴇《とき》先生と事件解決に乗り出す。個性豊かなメンバーが活躍するキュートな動物園ミステリー。
に-19-1

似鳥　鶏
ダチョウは軽車両に該当します
ダチョウと焼死体がつながる？　――楓ヶ丘動物園の飼育員「桃くん」と変態（?）「服部くん」、アイドル飼育員「七森さん」、そしてツンデレ女王の「鴇先生」たちが解決に乗り出す。
に-19-2

貫井徳郎
追憶のかけら
失意の只中にある松嶋は、物故作家の未発表手記を入手するが、彼の行く手には得体の知れない悪意が横たわっていた。二転三転する物語の結末は？　著者渾身の傑作巨篇。（池上冬樹）
ぬ-1-2

貫井徳郎
夜想
事故で妻子を亡くした雪藤が出会った女性・遙。彼女は、人の心に安らぎを与える能力を持っていた。名作『慟哭』の著者が、「新興宗教」というテーマに再び挑む傑作長篇。（北上次郎）
ぬ-1-3

貫井徳郎
空白の叫び
（全三冊）
外界へ違和感を抱く少年達の心の叫びは、どこへ向かうのか。殺人を犯した中学生たちの姿を描き、少年犯罪に正面から取り組んだ、驚愕と衝撃のミステリー巨篇。（羽住典子・友清　哲）
ぬ-1-4

（　）内は解説者。品切の節はご容赦下さい。

壁の男
貫井徳郎
北関東の集落の家々の壁に絵を描き続ける男。彼自身は語らないが、「私」が周辺取材をするうちに男の孤独な半生と悲しい真実が明らかに。読了後、感動に包まれる傑作。（末國善己）
ぬ-1-8

紫蘭の花嫁
乃南アサ
謎の男から逃亡を続けるヒロイン、三田村夏季。同じ頃、神奈川県下で連続婦女暴行殺人事件が……。追う者と追われる者の心理が複雑に絡み合う、傑作長篇ミステリー。（谷崎　光）
の-7-1

暗鬼
乃南アサ
嫁いだ先は大家族。温かい人々に囲まれ何不自由ない生活が始まったが……。一見理想的な家に潜む奇妙な謎に主人公が気付いた時、呪われた血の絆が闇に浮かび上がる。（中村うさぎ）
の-7-3

ドローン探偵と世界の終わりの館
早坂　吝《やぶさか》
ドローン遣いの名探偵、飛鷹六騎が挑むのは奇妙な連続殺人。廃墟ヴァルハラで繰り広げられる命がけの知恵比べとは？　定石破りの天才が贈る、意表を突く傑作ミステリ。（細谷正充）
は-56-1

秘密
東野圭吾
妻と娘を乗せたバスが崖から転落。妻の葬儀の夜、意識を取り戻した娘の体に宿っていたのは、死んだ筈の妻だった。日本推理作家協会賞受賞。（広末涼子・皆川博子）
ひ-13-1

予知夢
東野圭吾
十六歳の少女の部屋に男が侵入し、母親が猟銃を発砲。逮捕された男は、少女と結ばれる夢を十七年前に見たという。天才物理学者が事件を解明する、人気連作ミステリー第二弾。（三橋　暁）
ひ-13-3

ガリレオの苦悩
東野圭吾
〝悪魔の手〟と名乗る人物から、警視庁に送りつけられた怪文書。そこには、連続殺人の犯行予告と、湯川学を名指しで挑発する文面が記されていた。ガリレオを標的とする犯人の狙いは？
ひ-13-8

（　）内は解説者。品切の節はご容赦下さい。

東川篤哉
魔法使いは完全犯罪の夢を見るか？
殺人現場に現れる謎の少女は、実は魔法使いだった!?　婚活中の女警部、ドMな若手刑事といった愉快な面々と魔法の力で事件を解決する人気ミステリーシリーズ第一弾。（中江有里）
ひ-23-2

東川篤哉
魔法使いと刑事たちの夏
切れ者だがドMの刑事、小山田聡介の家に住み込む家政婦マリィは、実は魔法使い。魔法で犯人が分かっちゃったけど、どうやって逮捕する？　キャラ萌え必至のシリーズ第二弾。
ひ-23-3

東川篤哉
さらば愛しき魔法使い
八王子署のヘタレ刑事・聡介の家政婦兼魔法使いのマリィは、数々の難解な事件を解決してきた。そんなマリィの秘密を、オカルト雑誌が嗅ぎつけた？　急展開のシリーズ第三弾。
ひ-23-4

東川篤哉
魔法使いと最後の事件
小山田刑事の家で働く家政婦兼魔法使いのマリィが突然姿を消した!?　だが、事件現場には三角帽に箒を持った少女の目撃情報が……。ミステリと魔法の融合が話題の人気シリーズ完結編！
ひ-23-5

藤原伊織
テロリストのパラソル
爆弾テロ事件の容疑者となったバーテンダーが、過去と対峙しながら事件の真相に迫る。乱歩賞&直木賞をダブル受賞した不朽の名作。逢坂剛・黒川博行両氏による追悼対談を特別収録。
ふ-16-7

福田和代
バベル
ある日突然、悠希の恋人が高熱で意識不明となってしまう。感染爆発が始まった原因不明の新型ウイルスに、人間が立ち向かう術はあるのか？　近未来の日本を襲うバイオクライシスノベル。
ふ-45-1

誉田哲也
妖《あやかし》の華
ヤクザに襲われたヒモのヨシキが、妖艶な女性・紅鈴に助けられたのと同じ頃、池袋で、完全に失血した謎の死体が発見された——。人気警察小説の原点となるデビュー作。（杉江松恋）
ほ-15-2

（　）内は解説者。品切の節はご容赦下さい。

松本清張
風の視線（上下）
津軽の砂の村、十三潟の荒涼たる風景は都会にうごめく人間の心を映していた。愛のない結婚から愛のある結びつきへ。〝美しき囚人〟亜矢子をめぐる男女の憂愁のロマン。（権田萬治）
ま-1-17

松本清張
事故　別冊黒い画集(1)
村の断崖で発見された血まみれの死体。五日前の東京のトラック事故。事件と事故をつなぐものは？　併録の「熱い空気」はTVドラマ「家政婦は見た！」第一回の原作。（酒井順子）
ま-1-109

松本清張
疑惑
海中に転落した車から妻は脱出し、夫は死んだ。妻・鬼塚球磨子が殺ったと事件を扇情的に書き立てる記者と、国選弁護人の闘いをスリリングに描く。「不運な名前」収録。（白井佳夫）
ま-1-133

麻耶雄嵩
隻眼の少女
隻眼の少女探偵・御陵みかげは連続殺人事件を解決するが、18年後に再び悪夢が襲う。日本推理作家協会賞と本格ミステリ大賞をダブル受賞した、超絶ミステリの決定版！（巽　昌章）
ま-32-1

麻耶雄嵩
さよなら神様
「犯人は○○だよ」。鈴木の情報は絶対に正しい。やつは神様なのだから。冒頭で真犯人の名を明かす衝撃的な展開と後味の悪さが話題の超問題作。本格ミステリ大賞受賞！（福井健太）
ま-32-2

丸山正樹
デフ・ヴォイス　法廷の手話通訳士
荒井尚人は生活のため手話通訳士になる。彼の法廷通訳ぶりを目にし、福祉団体の若く美しい女性が接近してきた。知られざるろう者の世界を描く感動の社会派ミステリ。（三宮麻由子）
ま-34-1

宮部みゆき
とり残されて
婚約者を自動車事故で喪った女性教師は「あそぼ」とささやく子供の幻にあう。そしてプールに変死体が……。他に「いつも二人で」「囁く」など心にしみいるミステリー全七篇。（北上次郎）
み-17-2

（　）内は解説者。品切の節はご容赦下さい。

宮部みゆき
人質カノン
深夜のコンビニにピストル強盗！　そのとき、犯人が落とした意外な物とは？　街の片隅の小さな大事件と都会人の孤独な肖像を描いたよりすぐりの都市ミステリー七篇。（西上心太）
み-17-4

宮部みゆき
ペテロの葬列（上下）
「皆さん、お静かに」。拳銃を持った老人が企てたバスジャック。呆気なく解決したと思われたその事件は、巨大な闇への入り口にすぎなかった――。杉村シリーズ第三作。（杉江松恋）
み-17-10

道尾秀介
ソロモンの犬
飼い犬が引き起こした少年の事故死に疑問を感じた秋内は動物生態学に詳しい間宮助教授に相談する。そして予想不可能の結末が！　道尾ファン必読の傑作青春ミステリー。（瀧井朝世）
み-38-1

道尾秀介
いけない
各章の最終ページに挿入された一枚の写真。その意味が解った瞬間、読んでいた物語は一変する――。騙されては〟いけない〟、けれど、絶対に騙される。二度読み必至の驚愕ミステリ。
み-38-5

湊　かなえ
花の鎖
元英語講師の梨花、結婚後に子供ができずに悩む美雪、絵画講師の紗月。彼女たちの人生に影を落とす謎の男K……。三人の女性たちを結ぶものとは？　感動の傑作ミステリ。（加藤　泉）
み-44-1

湊　かなえ
望郷
島に生まれ育った私たちが抱える故郷への愛、憎しみ、そして憧憬……屈折した心が生む六つの事件。日本推理作家協会賞・短編部門を受賞した「海の星」ほか全六編を収める短編集。（光原百合）
み-44-2

水生大海
きみの正義は　社労士のヒナコ
学習塾と工務店それぞれから持ち込まれた二つの相談事。無関係に見えた問題がやがて繋がり……（表題作）。社労士二年目のヒナコが、労務問題に取り組むシリーズ第二弾！　（内田俊明）
み-51-4

（　）内は解説者。品切の節はご容赦下さい。

矢月秀作
刑事学校Ⅱ　愚犯
大分県警「刑事学校」を舞台にした文庫オリジナル警察アクション第二弾！　成長著しい生徒たちは、市内の不良グループの内偵をきっかけに、危険な犯罪者の存在を摑む。

や-68-2

矢月秀作
死してなお
かつて大分県警を震撼させた異常犯罪者・萩谷信。県警の三浦は、彼の半生を調べるため、少ない手掛りをもとに足跡を辿るのだが……。前代未聞の犯罪者はどのようにして生まれたのか？

や-68-4

柚月裕子
あしたの君へ
家裁調査官補として九州に配属された望月大地。彼は、罪を犯した少年少女、親権争い等の事案に懊悩しながら成長していく。一人前になろうと葛藤する青年を描く感動作。（益田浄子）
ゆ-13-1

横山秀夫
陰の季節
「全く新しい警察小説の誕生！」と選考委員の激賞を浴びた第五回松本清張賞受賞作「陰の季節」など、テレビ化で話題を呼んだ二渡が活躍するD県警シリーズ全四篇を収録。（北上次郎）
よ-18-1

横山秀夫
動機
三十冊の警察手帳が紛失した——。犯人は内部か外部か。日本推理作家協会賞を受賞した迫真の表題作他、女子高生殺しの前科を持つ男の苦悩を描く「逆転の夏」など全四篇。（香山二三郎）
よ-18-2

横山秀夫
クライマーズ・ハイ
日航機墜落事故が地元新聞社を襲った。衝立岩登攀を予定していた遊軍記者が全権デスクに任命される。組織、仕事、家族、人生の岐路に立たされた男の決断。渾身の感動傑作。（後藤正治）
よ-18-3